のらネコ探険隊《たんけんたい》
クック
パトラ
ゴッゴ
館長《かんちょう》
ぺぺ
はなじろ
めさぶろ
みみいちろ
空《そら》飛《と》ぶのらネコ
ユーラシア
デリー
インド
貨物列車《かもつれっしゃ》
ベンガル湾《わん》
アラビア海《かい》
のら3号《ごう》
富士山丸《ふじさんまる》
エジプトへ
インド洋《よう》

空《そら》飛《と》ぶのらネコ探《たん》険《けん》隊《たい》

まいごのヤマネコ どこへいく

大原興三郎／作　こぐれけんじろう／絵

もくじ

ペットショップ
カメレオン

物語《ものがたり》をいろどる 登場者《とうじょうしゃ》たち

マリーナ村《むら》の長老《ちょうろう》。
前《まえ》は図書館《としょかん》にすんでいた。

館長《かんちょう》

冷静《れいせい》、ちんちゃくで、たより
になる。ネコたちのリーダー。

クック

とうとう結婚《けっこん》した。
新婚旅行《しんこんりょこう》はどこへ？

ゴッゴ

パトラ

やっぱりインドへ帰《かえ》り
たがってた。

オウムのヒマワリと
オオコウモリのパパイヤ

ベンガルヤマネコの兄妹《きょうだい》。
ふるさとインドへどうした
ら帰《かえ》れるのだろう。

ガルガルとベルベル

悪《わる》のら兄弟《きょうだい》の長男《ちょうなん》と次男《じなん》。性格《せいかく》はどうしてこんなにちがうんだろう。
みみいちろ(長男《ちょうなん》)と
はなじろ(次男《じなん》)
悪《わる》のら3兄弟《きょうだい》
めさぶろ(三男《さんなん》)と
ぺぺ
悪《わる》がき修行中《しゅぎょうちゅう》。なぜか、やたらと気《き》のあうふたり。
のら号《ごう》の発明家《はつめいか》。ん？
だれ？　執事《しつじ》・いのしたって？
悪知恵《わるぢえ》の天才《てんさい》？　ん？
大金持《おおがねも》ちの大奥《おおおく》さま？
井上《いのうえ》さん
おはるさん

プロローグ

　そのペット屋《や》には、なんにもあやしいところなんかなかった。大《おお》きな看板《かんばん》には、熱帯魚《ねったいぎょ》アロワナとインコの絵《え》。どこの街《まち》にもありそうな、あたりまえの店《みせ》に見《み》えた。中《なか》には、金魚《きんぎょ》や熱帯魚《ねったいぎょ》がひらひら泳《およ》いでいる水槽《すいそう》。ケージの中《なか》では、子犬《こいぬ》や子《こ》ネコが昼寝《ひるね》したり、かりこりエサを食《た》べたりしている。

　店《みせ》の中《なか》は明《あか》るくて、店《みせ》のオーナーはあいそだっていいから、けっこうはんじょうしてるみたいだった。ところがだ。

　店《みせ》は二つに仕切《しき》られて、ドアが一枚《まい》。そのドアにはいつもカギがかかっていた。

　ドアの向《む》こうは、いったい、どうなってるんだろう。

外《そと》から見《み》ると壁《かべ》にくもりガラスの窓《まど》が二つだけあった。

昼間《ひるま》は、すぐ前《まえ》が広《ひろ》い道路《どうろ》で、ひっきりなしに車《くるま》が走《はし》っているけど、夜《よ》がふければ、それも静《しず》かになる。

そんな真夜中《まよなか》、ときどきだけど、あやしい車《くるま》がやってくるんだ。ライトバンから古布《ふるぬの》なんかでぐるぐる巻《ま》きにされてるおりみたいなものがおろされる。

店《みせ》のオーナーが走《はし》りでてくる。口《くち》ひげをはやしている。むかしの千円札《えんさつ》の夏目漱《なつめそう》石《せき》みたいのだけど、顔《かお》はまったく似《に》てない。

「きたかい？」

「ようやく、手《て》に入《い》れた」

「いきのいいやつかい？」

「ああ、よすぎる。かみつかれねえように、気《き》をつけなよ」

あのあやしいドアがあけられて、あやしい荷物《にもつ》は、その中《なか》へ運《はこ》びこまれるんだ。

「約束《やくそく》どおりでいいな？」

「ああ、いい」
　やりとりされるのは、けっこうぶ厚《あつ》い封筒《ふうとう》だ。
　しめられたドアの中《なか》が、急《きゅう》にさわがしくなる。
前《まえ》からここにいるのと、新《あたら》しくきたのと、おたがいをあやしみあったり
おびえたり、さわぎあってるんだ。
ん!?　ここにいるのは、
なんだろうって？　だいいち、マリーナ村《むら》ののらネコたちと、どんな関係《かんけい》が
あるのかって？　あるともっ。
さあ、のらネコたちの三つ目《め》の冒険《ぼうけん》の始《はじ》まりだ。

1　あやしい影《かげ》がやってくる

おはるさんは、新聞《しんぶん》を読《よ》むのが大好《だいす》きだ。その日《ひ》も、じまんの野菜《やさい》を街《まち》まで売《う》りに行《い》った帰《かえ》り、井上《いのうえ》さんの発明《はつめい》ガレージによって新聞《しんぶん》をひらいていた。

「出《で》てるよ。このネコじゃないのかい、みんなが気《き》にしてる、うわさのネコ」

その声《こえ》に、みんないっせいに、おはるさんのところへかけよった。

風《かぜ》のうわさは、マリーナ村《むら》にもふいてきていた。なんでも、でっかいんだそうだ。茶色《ちゃいろ》い体《からだ》に丸《まる》い黒《くろ》がら。学校《がっこう》でニワトリがおそわれた。次《つぎ》は、幼稚園《ようちえん》のウサギが消《き》えた。

そのネコかもしれないやつが、写真《しゃしん》つきで新聞《しんぶん》にのってるんだ。

今度《こんど》は水産試験場《すいさんしけんじょう》の、実験中《じっけんちゅう》の魚《さかな》。それじゃあ、記事《きじ》にされるだろう。写真《しゃしん》はピンボケだった。自分《じぶん》の体《からだ》くらいありそうな魚《さかな》をくわえて、半分《はんぶん》、ふり返《かえ》ったところだ。

「ヤマネコかもしれないんだって。写真見《しゃしんみ》せられた動物園《どうぶつえん》の人《ひと》の話《はなし》ではね」

記事《きじ》は街《まち》の小《ちい》さなニュースの欄《らん》だけど、ヤマネコがあらわれたのなら大《だい》ニュースだ。なぜって日本《にほん》には、西表《いりおもて》と対馬《つしま》、二つの島《しま》にしかヤマネコはいないんだから。

それじゃあ、どこからきた？　それもウサギやニワトリが、となれば、マリーナ村《むら》のみんなも、気《き》にしないではいられない。

「ううん、ヤマネコっぽいな。館長《かんちょう》、どう思《おも》う？」

館長《かんちょう》は、おはるさんがつくってくれた老眼鏡《ろうがんきょう》の鼻《はな》メガネをかけている。そのメガネを上《うえ》にあげ、写真《しゃしん》をのぞいた。

「イリオモテヤマネコにも似《に》ちょる」

そう、館長《かんちょう》もみんなも、この前《まえ》のアフリカ行《ゆ》きの途中《とちゅう》で、会《あ》ってるんだ、イリオモテヤマネコに。

「じゃが、待《ま》てよ。このがら、見覚《みおぼ》えがある。そうじゃ、〈世界《せかい》のネコ〉という写《しゃ》真集《しんしゅう》でじゃよ、井上《いのうえ》さん」

館長《かんちょう》は、以前《いぜん》、図書館《としょかん》にすんでたから、さすがにくわしいんだ。

「どこの国《くに》のネコなんだい？」

井上《いのうえ》さんが身《み》をのりだしてきいたけど、館長《かんちょう》は、そこまでは覚《おぼ》えていなかった。

「行《い》こうよ、図書館《としょかん》。連《つ》れてってよ、井上《いのうえ》さん。ぼくだって見《み》たいよ、どんなところか」

「そうよ、館長《かんちょう》だけ知《し》ってるなんて、ずるい」

ぺぺとパトラちゃんが続《つづ》けて言《い》っていた。もちろん、みんなも大賛成《だいさんせい》だ。

井上《いのうえ》さんのおんぼろワゴン車《しゃ》は、図書館《としょかん》の駐車場《ちゅうしゃじょう》にとめられた。

のらネコのみんなは、そのワゴン車《しゃ》からとびだして、公園《こうえん》の木《き》の上《うえ》へかけ登《のぼ》った。

図書館《としょかん》の二階《かい》は大《おお》きな窓《まど》で、中《なか》がよく見《み》える。そこへ、井上《いのうえ》さんがやってきた。

木《き》の棚《たな》いっぱいの本《ほん》だ。厚《あつ》くてぽっちゃりしてるの、薄《うす》くてほっそりしてるの、背高《せいたか》ノッポの、小《ちい》さくてかわいいの。背表紙《せびょうし》はみんなカラーでおしゃれだ。

井上《いのうえ》さんが背《せ》のびして大判《おおばん》の本《ほん》を棚《たな》からぬきとって、パラパラとめくった。それをかかえるみたいにして階段《かいだん》に消《き》えた。それといっしょに、ネコたちも、いっせいに木《き》からかけおりていた。

「見《み》つけたぞっ。すごいやつらしい」

なんて名前《なまえ》？　どこの国《くに》のネコ？

みんな、やつぎばやにきいた。

「くわしいことは、別荘《べっそう》へ帰《かえ》ってからだ。

名前《なまえ》は、ベンガルヤマネコ！」

井上《いのうえ》さん、帰《かえ》りの運転《うんてん》はスピード違反《いはん》してたかもしれない。図書館《としょかん》とそこを取《と》りかこむ公園《こうえん》と森《もり》が、あっという間《ま》に遠《とお》くなっていた。

夜《よる》のマリーナには、少《すこ》し風《かぜ》があった。つなぎとめられているヨットの柱《はしら》が、星空《ほしぞら》の下《した》で、てんでにゆれていた。

「そんなわけでな、正体《しょうたい》がわかった。名前《なまえ》は、ベンガルヤマネコ。日本《にほん》にいる二種《しゅ》類《るい》のヤマネコ、西表《いりおもて》と対馬《つしま》のとは、兄弟《きょうだい》みたいに血《ち》がこいんじゃよ。大《おお》むかし、二つの島《しま》はアジア大陸《たいりく》とつながっていてな、ベンガルと日本《にほん》のヤマネコは同《おな》じじゃった」

館長《かんちょう》の話《はなし》をマリーナ村《むら》ののらネコたちが、みんなきいてる。子《こ》ネコたちだって、おしゃべりなんかしてなかった。

「西表島《いりおもてじま》と対馬《つしま》のヤマネコは、もともとユーラシア大陸《たいりく》のベンガルヤマネコと、同《おな》じ祖先《そせん》でつながってるんじゃよ」

・・・こほんとひとつせきをして、館長《かんちょう》はならんでいるクックを見《み》た。

「あとはたのむ、クック」

クックはうなずいて、あとを続《つづ》けた。

「そのベンガルヤマネコは、まちがいなく、ここマリーナ村《むら》へやってくる。いいや、ここをめざしているのかもしれない。

うわさをつなげてみるとね、学校《がっこう》のニワトリ、ウサギが消《き》えた幼稚園《ようちえん》、魚《さかな》をぬすまれた水産試験場《すいさんしけんじょう》は、北《きた》から始《はじ》まって、まっすぐに南《みなみ》へ、一本線《ぽんせん》でつながっているんだよ。その先《さき》の海《うみ》が、このマリーナだ。

もし、ヤマネコと遭遇《そうぐう》しても、決《けっ》して戦《たたか》うな。ひたすら逃《に》げること」

戦《たたか》っても、とうてい勝《か》てる相手《あいて》ではない。特別大《とくべつおお》きなものなら体長《たいちょう》八十センチ、体重《たいじゅう》七キロにもなる。ニワトリ一羽《わ》くらいなら、ペロリと一度《ど》で食《く》う。

クックは、こわいことをならべたてた。

「ということは、腹《はら》をすかしていれば、同《おな》じネコだって、ようしゃしないだろう。そんなベンガルヤマネコにも天敵《てんてき》がいてね。アジアの森《もり》ではトラにおそわれる。それが自然《しぜん》の中《なか》でくり返《かえ》される弱肉強食《じゃくにくきょうしょく》の掟《おきて》なんだ」

学校《がっこう》
幼稚園《ようちえん》
水産試験場《すいさんしけんじょう》
マリーナ村《むら》

まず、子《こ》ネコたちを守《まも》らなくては。全員《ぜんいん》で力《ちから》をあわせること。クックは話《はな》しおわって、みんなを見《み》わたした。

「なにか、ききたいことは、あるかね？」

はいって手《て》をあげたのは、マリーナ村《むら》のミケネコ、サクラだ。

「どうして、そんなおそろしいヤマネコが、日本《にほん》にあらわれたんですか、クック」

「こんな場合《ばあい》、理由《りゆう》は二つ考《かんが》えられる。ひとつは、どこかの動物園《どうぶつえん》から逃《に》げだした。だけどそれなら、確実《かくじつ》にニュースになる。動物園《どうぶつえん》が発表《はっぴょう》して、警察《けいさつ》だって協力《きょうりょく》して、さがしてつかまえようとするだろうね。しかし、そんな話《はなし》はないんだよ。

となると、逃《に》げだしたのは、だれかが、こっそり飼《か》ってたヤマネコだ。こっそり飼《か》うのには、わけがある。それは飼《か》うことが禁止《きんし》されているからだ。それでもマニアはめずらしい野生動物《やせいどうぶつ》をほしがってがまんできない。高《たか》いお金《かね》をはらってでもね。禁止《きんし》されているのに、どうして売《う》り買《か》いできるのかって思《おも》うだろう」

クックは続《つづ》けた。

「〈ワシントン条約《じょうやく》〉という、世界《せかい》の国々《くにぐに》が集《あつ》まって約束《やくそく》した決《き》まりがある。貴重《きちょう》なものは、動物園《どうぶつえん》がほしがったってだめ。それでも密猟者《みつりょうしゃ》がいる。そして、船《ふね》や飛行機《ひこうき》にたくみにかくして、外国《がいこく》へ運《はこ》ばれて売《う》られる。

今度《こんど》のベンガルヤマネコは、まさにそうして日本《にほん》にきたものにちがいない。わたしらもそうだが、天《てん》が、すごい力《ちから》をさずけてくれている。人間《にんげん》はそのことを〝本能《ほんのう》〟と呼《よ》んでいるらしいね。

行《い》きたい方向《ほうこう》をさがすのは、目《め》をつぶって風《かぜ》にたのむ。小《ちい》さな小《ちい》さな記憶《きおく》やなつかしさが、それを教《おし》えてくれる。

このベンガルヤマネコもね、きっとわたってきた海《うみ》を覚《おぼ》えていた。だから、まっすぐに海《うみ》をめざして、きっとくる。

だけど、ここから先《さき》、この果《は》てしない海《うみ》が広《ひろ》がってる。きっと、ここまできてとほうにくれるだろう」

館長《かんちょう》がうで組《ぐ》みして、ううんとうなった。

「のうクック。もしそのとおりなら、そやつをあわれにも思《おも》う。気《き》の毒《どく》にも思《おも》う。じゃが、きゃつのめざす先《さき》に、わしらの村《むら》がある」

「マリーナの入《い》り口《ぐち》の松林《まつばやし》に、見張《みは》りをおきましょう、館長《かんちょう》」

「それがいい。じゃが油断《ゆだん》は禁物《きんもつ》じゃぞ。ベンガルヤマネコは木登《きのぼ》りも名人《めいじん》。足《あし》も速《はや》かろう。それと、きゃつめは、きっと夜《よる》を待《ま》ってやってくる。わしらより、はるかに夜行性《やこうせい》じゃと本《ほん》に書《か》いてある」

「見張《みは》りの順番《じゅんばん》を決《き》めるとしよう。それでいいですね、館長《かんちょう》」

「それがいい。わしらも今日《きょう》から別荘《べっそう》には帰《かえ》らん。ここで、きゃつめをむかえるぞっ」

体《からだ》をぶるっとふって、みんなひとり残《のこ》らず大《おお》きく息《いき》をはいた。

2　生《い》き別《わか》れのガルガル・ベルベル

初《はじ》めに、闇《やみ》の中《なか》に光《ひか》るあやしい目《め》を見《み》たのは、めさぶろだった。目《め》は松《まつ》の大木《たいぼく》の枝《えだ》で光《ひか》っていた。

それが、くいっと、めさぶろのほうを向《む》いた。

まともに、目《め》と目《め》があった。二ひきの間《あいだ》には、十本《ぽん》くらいの松《まつ》の木《き》が生《は》えてるだけだ。

めさぶろは、声《こえ》も出《で》なかった。体《からだ》が、がくがくふるえた。特別目《とくべつめ》がいいから暗闇《くらやみ》の中《なか》でも、はっきりと見《み》える。あれは、絶対《ぜったい》にベンガルヤマネコだ。

見張《みは》りのチームをぺぺと組《く》んであった。そのぺぺは、そう遠《とお》くない松《まつ》の木《き》に登《のぼ》っ

ているはずだ。

「ぺぺえぇ、ヤマネコだぁ。クックに知《し》らせろおぉ」

さけんだ声《こえ》は、ぺぺにきこえたはずだ。遠《とお》くで木《き》の枝《えだ》が、続《つづ》いて林《はやし》の下草《したくさ》がさわぐ音《おと》をめさぶろはきいた。

ヤマネコはっ、ヤマネコのほうは？

動《うご》く気配《けはい》が、まったくなかった。光《ひか》る目《め》は、じぃっとめさぶろに向《む》いたままだ。

ぶるぶる、ふるえっぱなしのめさぶろに、めさぶろ、めさぶろおぅと、名前《なまえ》を呼《よ》ぶ声《こえ》が、ようやくきこえだした。

「こ、ここだよぉ。

ヤ、ヤマネコは、となりのとなりの、うんととなりの木《き》の上《うえ》にいるよぉ」

からからにかわいていたのどから、ようやく声《こえ》が出《で》ていた。

めさぶろはようやく、みんなが見《み》あげてくれてる輪《わ》の中《なか》へとびおりた。それを見《み》とどけて、クックが走《はし》った。みんなそれに続《つづ》いた。

ぐるりと、ヤマネコのいる松《まつ》の木《き》がかこまれた。

「きみのことは、知《し》ってる。ベンガルヤマネコ、というんだね。きみが、きっとここへくるだろうって、みんなで話《はな》してた。そのとおりになった。ここは海《うみ》へつきでた岬《みさき》だよ。きっと、きみが連《つ》れてこられた国《くに》の、ふるさとの山《やま》か森《もり》に続《つづ》いているんだろう。わかるかい、わたしの言《い》ってることが？」

返事《へんじ》はなかった。上《うえ》から見《み》おろしている二つの目《め》も、じっと動《うご》かなかった。

クックは続《つづ》けた。

「きみにももう、わかるだろう。わたしらもみぃんな、ネコだ。雑種《ざっしゅ》だから、いろんな色《いろ》やがらがまじりあってて、しっぽの長《なが》さも、じつにさまざま。だが、みんな仲《なか》よく平和《へいわ》にくらしている。だから、その平和《へいわ》をみだすものがあらわれたときは戦《たたか》う。力《ちから》をあわせてね。

正直《しょうじき》に言《い》うよ。きみがあらわれたら、けいかいしようと。

マリーナには子《こ》ネコたちもいてね。

だから、ここから立《た》ち去《さ》れ、などとわたしは言《い》わない。話《はなし》をしたいんだ。知《し》りたいんだ。ベンガルヤマネコのきみが、どうして日本《にほん》なんかに。それもどうして、さまようようなことになったのか。

事情《じじょう》によっては、きみの力《ちから》になれるかもしれない。わたしらは、きみと同《おな》じネコ族《ぞく》なのだからね。

わかるかな？　わたしの言《い》ってることが」

返事《へんじ》は、またなかった。

「少《すこ》し、いいかな、クック」

クックがうなずいて、館長《かんちょう》は松《まつ》の木《き》を見《み》あげた。

「おまえさん、おりてはこぬか。なあに、みんなして、おまえさんを引《ひ》っかいたり、かみついたりはせんよ。こわがることなど、なにもありゃせん」

ヤマネコのほうがこわがるだって？　みんな顔《かお》を見《み》あわせた。

「腹《はら》もすいとるじゃろ。たいしたものはないが、腹《はら》の足《た》しにはなるものはあるぞ。

みな、おまえさんのことを知《し》りたがっとるだけじゃ」

館長《かんちょう》はそう言《い》ってから、まわりのみんなを見《み》わたして、小声《こごえ》で言《い》った。

「みな、気《き》がつかんのか？　おびえちょるのは、あやつのほうじゃ。あんなに小《ちい》さくちぢこまって、ふるえちょる。

もしかしたらな、いいや、きっとじゃ。あやつはまだ、半分《はんぶん》、子《こ》ネコかもしれん。

ずうたいばかり、でかくともな」

ヤマネコは、ゆっくりと動《うご》きだした。


マリーナ村《むら》には、ひとつ食料庫《しょくりょうこ》があるんだ。古《ふる》くて見《み》すてられたヨットがあって、キャビンのドアもしまらない。その中《なか》には、ニボシにカリカリ。日干《ひぼ》しにされたトカゲ。トノサマバッタもある。つり人《びと》が投《な》げてくれる雑魚《ざこ》もある。つまり、みんな非常食用《ひじょうしょくよう》だ。

大雨《おおあめ》が続《つづ》いたり、冬《ふゆ》、なんにもとれないときに、分《わ》けあって食《た》べる。

ヤマネコは、みんながあきれるほど、おなかが心配《しんぱい》になるほど、がつがつ食《た》べた。それに満足《まんぞく》すると、今度《こんど》はあごや手《て》をなめまわして毛《け》づくろいした。

おんなじだ。マリーナのネコたちと。食《た》べ方《かた》、毛《け》づくろいのしかた。でも、がらもようは、ちがいすぎる。あざやかな黄色《きいろ》に、てんてんと散《ち》らばる黒《くろ》い丸《まる》。おでこには、たてじまの、首《くび》にはぐるりとまわる黒《くろ》い帯《おび》。

つりあがった目《め》じりと大《おお》きな目《め》。丸《まる》い耳《みみ》と太《ふと》いしっぽ。とにかく、かっこいいんだ。これならネコ好《ず》きのマニアが、いくらお金《かね》をはらったってほしがるはずだ。

知《し》らせをきいて、井上《いのうえ》さんもやってきた。みんなに遠《とお》まきにされてるヤマネコを、上《うえ》からのぞいた。

「すっげえっ。本物《ほんもの》のベンガルだぁ」

その声《こえ》をきいたしゅんかんだった。

ヤマネコはとびさがった。

それから全身《ぜんしん》の毛《け》を一本残《ぽんのこ》らず逆立《さかだ》てた。鼻《はな》にしわをよせて、牙《きば》をむきだした。ふうぅって、キャビン中《じゅう》にひびきわたる、うなり声《ごえ》をあげたんだ。

ひえぇっと、悲鳴《ひめい》をあげたのは、マリーナ中《じゅう》のネコたちだった。すごい迫力《はくりょく》だ。もしかしたらマリーナ中《じゅう》のオスネコ七ひきで戦《たたか》ったって、勝《か》てないかもしれなかった。みんな、われ先《さき》に逃《に》げだしかけていた。

クックがひとり、ヤマネコと井上《いのうえ》さんの間《あいだ》へとびこんでいた。

「井上《いのうえ》さん、外《そと》へ出《で》てくださいっ。みんなもだ。館長《かんちょう》だけ、いっしょにっ」

それから、ヤマネコの正面《しょうめん》に腰《こし》を落《お》としてすわった。館長《かんちょう》が、その後《うし》ろに立《た》った。

「きみにとっては、人間《にんげん》はやっぱり特別《とくべつ》なんだね。だけど、あのひとだけは味方《みかた》だよ。わたしらにとっては、だれよりたよりになるひとなんだよ」

それにすごい発明家《はつめいか》だということ。空飛《そらと》ぶのら号《ごう》まで発明《はつめい》して、すごい冒険《ぼうけん》を二度《ど》もさせてもらっていること。ネコを大好《だいす》きでいてくれるから、決《けっ》してきみに危害《きがい》をくわえたりしないということ。クックはゆっくり話《はな》した。またおびえだしているヤマネコの目《め》を、じっと見《み》つめながらだった。

「そうか、おまえさんにとって、人間《にんげん》は敵《てき》なんじゃな。密猟《みつりょう》のわなにかかって、母《かあ》さんから引《ひ》きはなされたのか。どんな目《め》にあわされてこんな遠《とお》い国《くに》まできたんじゃろな。そうした人間《にんげん》どもの仕打《しう》ちを、みんな覚《おぼ》えちょるからか……」

ヤマネコの、ふせていた耳《みみ》も、おびえていた目《め》も、元《もと》にもどっていた。

「ぼくは、ひとりできたんじゃないんだよ」

初《はじ》めて、ヤマネコが口《くち》をひらいた。

「なんと、仲間《なかま》が、ほかにいるというのか⁉」

「妹《いもうと》のベルベル。いっしょにいたけど、どこかわからない。さがしてるけど、わからない」

「きみ、名前《なまえ》は?」

「ガルガル」

「くわしく話《はな》してごらん。日本《にほん》にきてから、どんなところにいたのか。覚《おぼ》えていることをみんな話《はな》してごらん」

クックにしては、めずらしく早口《はやくち》になった。
ヤマネコ・ガルガルが小首《こくび》を
かしげながらした話《はなし》は、こんなだった。
暗《くら》い部屋《へや》で、せまい針金《はりがね》のおりに
とじこめられていたこと。妹《いもうと》のベルベルといっしょだったこと。
同《おな》じ国《くに》の森《もり》にすんでいたオオコウモリもオウムもいたこと。
見《み》たこともない、耳《みみ》の大《おお》きなキツネがいたこと。
どうやら日本《にほん》のらしい、くちばしのするどい、夜行性《やこうせい》の鳥《とり》もいたこと。
「ぼくはそこから引《ひ》きだされて、妹《いもうと》とはなればなれにされて……」
「キャビンはせますぎる。外《そと》へ出《で》ましょう、館長《かんちょう》」
クックが館長《かんちょう》をふり返《かえ》った。
外《そと》には、すぐにでもヨットのキャビンの中《なか》へとびこんできそうな
ゴッゴたちが、半分《はんぶん》、背中《せなか》の毛《け》を逆立《さかだ》てて身《み》がまえていた。

クックがみんなを見《み》まわした。

「このこの名《な》はガルガルっていう。生《う》まれはインド、大《おお》きな国《くに》だよ。

そこで密猟《みつりょう》にあった。母《かあ》さんが猟《りょう》に出《で》ている間《あいだ》に、しかけられたワナに。妹《いもうと》といっしょにだっていう。名《な》はベルベル。

そうして日本《にほん》へ密輸《みつゆ》されてから、どこかの街《まち》のペット屋《や》に売《う》られたらしい。

そこでガルガルが先《さき》に売《う》られた。かわいそうに、兄妹《きょうだい》は生《い》き別《わか》れだ。妹《いもうと》のベルベルもそうなったのか。まだ売《う》られてないのなら、そのペット屋《や》にいるはずだ。

もし、もう売《う》られてしまったのなら、これをさがしだすのは、大変《たいへん》だ。望《のぞ》みはまだ、その店《みせ》にいること。ガルガルはそれを信《しん》じて、店《みせ》をさがして、さまよってた」

初《はじ》めのうちガルガルは、飼《か》い主《ぬし》のくれるエサになんか見向《みむ》きもしなかったっていう。飼《か》い主《ぬし》の、若《わか》いのかもう若《わか》くないのかわからない、おでこの広《ひろ》い男《おとこ》は心配《しんぱい》した。

せっかく手《て》に入《い》れたベンガルヤマネコだもの、飢《う》え死《じ》になんかされたら、元《もと》も子《こ》もない。魚《さかな》のひものがだめなら、ニワトリの、それも上等《じょうとう》のササミなら。それでもだめ。ベーコンは、ハムは？　ジャーキーならどうだ？

三日目《かめ》、ガルガルはさすがに腹《はら》ぺこになった。それでも意地《いじ》をはるつもりだった。そして、気《き》がついた。

妹《いもうと》のベルベルに会《あ》わなくちゃ。なんとしてでもさがしだして助《たす》けなくちゃならない。

「だからやめたんだよ。安心《あんしん》させるために、エサを食《た》べた。母《かあ》ちゃんにきかせてた、のどゴロゴロもやった。そいつの手《て》もなめてやった。

もうだいじょうぶだって思《おも》わせて、初《はじ》めておりから出《だ》された。それから、逃《に》げだすチャンスを待《ま》ったんだ」

脱走計画《だっそうけいかく》は成功《せいこう》した。部屋《へや》の中《なか》で自由《じゆう》にされれば、あとは、ほんの少《すこ》し、窓《まど》にすき間《ま》があればいい。男《おとこ》が、あっ待《ま》てぇ！　とさけんだときには、もう二階《かい》の窓《まど》から近《ちか》くの木《き》にとびうつっていたってわけだ。

「ベルベルと別《わか》れて、十八日《にち》たつんだ。どうしても、さがしださなくちゃ……」

「まだ売《う》られていないといいんだが。とにかく、みんなでさがそう。ガルガルは売《う》られていくとき、ちらりと見《み》たペット屋《や》の看板《かんばん》を覚《おぼ》えているそうだ。大《おお》きなウロコのある魚《さかな》と、色《いろ》がいっぱいのインコの絵《え》を見《み》たそうだ」

「どうじゃな、みなな、協力《きょうりょく》してはくれぬかな？　もし、ふたりが再《ふたた》び会《あ》えたとしたら、その先《さき》はまた考《かんが》える」

クックに続《つづ》いて館長《かんちょう》が言《い》い、みんなの顔《かお》を見《み》わたした。

「もちろんです、クック、館長《かんちょう》。見《み》せてやりましょう。日本《にほん》ののらネコの心《こころ》いきってやつをです」

ゴッゴが力強《ちからづよ》く答《こた》えた。

井上《いのうえ》さんがパソコンをひらいた。ヤマネコの足《あし》で七日間《かかん》さまよった。ペット屋《や》から車《くるま》に乗《の》せられたけど、夜《よる》に店《みせ》を出《で》て、真夜中前《まよなかまえ》には買《か》った男《おとこ》の家《いえ》に着《つ》いていた。それなら、そんなに遠《とお》い街《まち》じゃあない。

「三つの市《し》。八つのペット屋《や》。きっとそのうちのひとつにいる！」

3　ペット屋《や》、空《から》っぽ大作戦《だいさくせん》

「なんだかはずかしいよ。だけど、こんなんでいいのかね？」

おはるさんのほっぺたが、赤《あか》くなってた。みんな、おはるさんがお化粧《けしょう》なんかしたのを初《はじ》めて見《み》た。

着《き》てるのは上等《じょうとう》のすてきなワンピース。それに、バラの造花《ぞうか》かざりのついた帽子《ぼうし》。

「これはね、パトラちゃんの元《もと》ご主人《しゅじん》の奥《おく》さまからもらったの。おしゃれすぎて、一生《いっしょう》、着《き》ることなんかないって思《おも》ってたんだよ。

だけど、一度《ど》だけがまんするよ。なにしろ言《い》いだしっぺは、わたしなんだからねぇ」

だけど、みんなは大喜《おおよろこ》びだ。

「ニャアウゥ……」

「ニュテキィ……」

そう、似《に》あって、すてきで、おまけに、カワニュイ、んだ。

「ぼくのほうはどうだい？　チョウネクタイだぜ。

ま、友《とも》だちからの借《か》りものだけど」

なんと井上《いのうえ》さんは、ダブルの背広《せびろ》。結婚式《けっこんしき》なんかに着《き》るやつだ。これも、借《か》りもの。だけど、いつもはやしてる不精《ぶしょう》ひげは、ちゃんとそってた。

ふたりが、なぜ、こんな格好《かっこう》したのかって？　それは、あのベンガルのベルベルが、見《み》つかったからなんだ。話《はなし》が少《すこ》し、そう、一日《にち》だけあともどりする。

のらネコのみんなは、井上《いのうえ》さんの運転《うんてん》してくれるワゴン車《しゃ》に乗《の》って、三つの大《おお》きな街《まち》を走《はし》りまわった。そして、七つ目《め》の店《みせ》で、とうとう見《み》つけたんだ。大《おお》きなウロコの魚《さかな》は、アマゾンの熱帯魚《ねったいぎょ》、アロワナ。いろんな色《いろ》のインコはコンゴウインコ。ガルガルが覚《おぼ》えていたとおりの看板《かんばん》で、店《みせ》の名前《なまえ》は「カメレオン」だった。

次《つぎ》は妹《いもうと》のベルベルが、まだ売《う》られずに、いるかどうかだ。だけど、いきなり井上《いのうえ》さんがベンガルヤマネコ売《う》ってますか？　なんてきいても、よれよれチョッキの井《いの》上《うえ》さん、とてもお金持《かねも》ちには見《み》えない。いないって言《い》われるに決《き》まっている。

「よしっ、次《つぎ》は夜《よる》を待《ま》とう」

その夜《よる》がきた。オーナーが店《みせ》をしめて車《くるま》に乗《の》って帰《かえ》っていくのを見《み》とどけた。

外壁《そとかべ》に、みんな耳《みみ》をおしあてた。かすかだけど、きこえる。いろんな鳴《な》き声《ごえ》や、うなり声《ごえ》や、だれかを呼《よ》んでるみたいな声《こえ》がだ。

ガルガルの耳《みみ》がぴくんと動《うご》いた。その次《つぎ》に見《み》せたジャンプのすごさといったらっ。

井上《いのうえ》さんの背《せ》たけより高《たか》いガラス窓《まど》を、カリッと爪《つめ》で引《ひ》っかきながら、ベルベル、兄《にい》ちゃんだってさけんでいた。

中《なか》の声《こえ》がやんだ。二度目《どめ》のジャンプとガラス引《ひ》っかきの音《おと》と、また兄《にい》ちゃんだよってさけんだ声《こえ》が消《き》えないうちだった。

「兄《にい》ちゃん、兄《にい》ちゃん！」

ベルベルの声《こえ》を、みんなきいた。

「いました、館長《かんちょう》」

「ああ、間《ま》におうたな、クック」

そしてなんと、そのベルベル救出大作戦《きゅうしゅつだいさくせん》は、おはるさんがたてたんだ。

「こちらです、大奥《おおおく》さま。どうぞ」

ペット屋《や》〝カメレオン〟の引《ひ》き戸《ど》を、うやうやしくあけたのは、チョウネクタイなんかして結婚式《けっこんしき》にでも行《い》くみたいな格好《かっこう》の黒《くろ》い丸《まる》ぶちメガネの若《わか》い男《おとこ》だった。

「そっ」

気取《きど》って、すいっと中《なか》へ入《はい》ったのは、おしゃれした老《ろう》〝貴婦人《きふじん》〟だった。

「い、いらっしゃいませ」

漱石《そうせき》ひげのオーナーが出《で》むかえた。もみ手《で》なんかしながらだ。

貴婦人《きふじん》の大奥《おおおく》さまは、ゆっくりと店《みせ》の中《なか》を見《み》わたして、きっと執事《しつじ》にちがいない若《わか》い男《おとこ》をふり返《かえ》った。

「・・・・・・いのした、なにもいないじゃぁないの。金魚《きんぎょ》に小鳥《ことり》、子犬《こいぬ》に子《こ》ネコ。だれが言《い》ったの？　ここにならわたしのほしいこが、なんでもいるって。つまらない、帰《かえ》るわよ」

漱石《そうせき》ひげが、大奥《おおおく》さまの前《まえ》に、通《とお》せんぼするみたいに立《た》ちふさがった。

「な、なにをおさがしで？」

大奥《おおおく》さまは、後《うし》ろに、つつましくひかえている、執事《しつじ》・いのしたをふり返《かえ》った。

おまえ話《はな》しなさい、と小声《こごえ》で言《い》った。

「大奥《おおおく》さまのお口《くち》からは、とても……。

ですから、わたくしから」

そっと、漱石《そうせき》ひげの耳元《みみもと》へ口《くち》をよせた。

「じつは、大奥《おおおく》さまは、大《だい》のヤマネコ好《ず》き。お屋敷《やしき》では、世界中《せかいじゅう》のヤマネコのほとんどを……。

スナドリネコがいて、アムールヤマネコがいて、カラカルもいて。

ところが、ベンガルヤマネコだけがまだ。

お年《とし》は九十。百までお生《い》きになるおつもりですが、なんとかヤマネココレクションを完成《かんせい》させてから、天国《てんごく》へいらっしゃりたいと。

そこへ、風《かぜ》のうわさが。こちらにベンガルヤマネコがいるらしいと。

しかし、うわさはなにかのまちがいだったようですね。大奥《おおおく》さまのおっしゃるとおり、小鳥《ことり》や金魚《きんぎょ》や、犬《いぬ》ネコばかり」

「お、お待《ま》ちくださいい。今《いま》、なんとおっしゃいました？　カラカルまで!?　いったいどんなルートでっ」

カラカルというヤマネコは、砂漠地帯《さばくちたい》にすんでいて、がらはない。いちばんの特徴《とくちょう》は、その耳《みみ》だ。とんがった耳《みみ》に、長《なが》い毛《け》が生《は》えていて、その毛《け》は風《かぜ》にそよぐほどなんだ。

世界中《せかいじゅう》に、二、三百ぴきくらいしかいない、絶滅《ぜつめつ》が心配《しんぱい》されているヤマネコだ。

漱石《そうせき》ひげは、目《め》をむいていた。

「それはいろいろと……。わかりますでしょう。あなたも〝動物商《どうぶつしょう》〟でおられるなら」

「わかりますとも。わたくしめのお客《きゃく》さまにも、かたく守《まも》っていただくお約束《やくそく》で……。〝蛇《じゃ》の道《みち》はなんとか〟ともうします」

大奥《おおおく》さまが、それをききとがめた。

「〝蛇《じゃ》の道《みち》は蛇《へび》〟とおっしゃったの？　じゃぁ、わたしも、ヘビの仲間《なかま》？　失礼《しつれい》です。帰《かえ》りましょ、いのした」

「はい、大奥《おおおく》さま」

蛇《じゃ》、というのはヘビのこと。悪《わる》いことをするつもりなら、それなりのぬけ道《みち》がある、という意味《いみ》のことわざなんだ。

ふたりは、ほんとうに帰《かえ》りかけたみたいに見《み》えた。漱石《そうせき》ひげがあわてた。

「お、お待《ま》ちください。決《けっ》して、わたくしは大奥《おおおく》さまのことを、そのようには。お見《み》せいたしましょう。お望《のぞ》みのものを」

「いるの？　ベンガルヤマネコ。できたら、おじょうちゃんがいいのよ」

「まさしく！　どうぞ、こちらへ」

漱石《そうせき》ひげは、あのあやしげなドアをひらいた。内側《うちがわ》にあるスイッチをパチッと鳴《な》らして、明《あ》かりをつけた。

いるいるっ。緑色《みどりいろ》のオウム。真《ま》っ黒《くろ》なオオコウモリ。カメやトカゲ。あれは、フェネックという、砂漠《さばく》のキツネだ。

日本《にほん》ではつかまえることも飼《か》うことも禁止《きんし》されているフクロウの仲間《なかま》のアオバズクとコノハズク。二羽《わ》が後《うし》ろ向《む》きのまま、ぐるりと顔《かお》だけこっちへねじむけた。

「このこでございます、大奥《おおおく》さま」

ならべられたおりのいちばん奥《おく》に、ベルベルはいた。ガルガルと同《おな》じがら、同《おな》じ大《おお》きさ、どっちがどっちなのか、ならんでたって見分《みわ》けられないくらいに、そっくりだった。

「いいわね、おいくらなの？　おききしなさい、いのした」

執事《しつじ》・いのしたが、あらためてきくまでもなかった。漱石《そうせき》ひげは電卓《でんたく》をにぎって、ぴこぴことおして、ふたりに見《み》せた。

「あら、五千万円《まんえん》。安《やす》いじゃないの」

「大奥《おおおく》さま、0がひとつ多《おお》うございます。五百万円《まんえん》です」

執事《しつじ》・いのしたが、そこをのぞきこんで言《い》った。

漱石《そうせき》ひげがあわてた。大急《おおいそ》ぎで
「失礼《しつれい》いたしました。打《う》ちまちがえました。ほんとうは五千万円《まんえん》でした」

でも、と言《い》いながら、大奥《おおおく》さまにそのまま見《み》せた。

「五百万円《まんえん》。ほんとうにいいのね、こんなにお安《やす》くて」

「はいっ。特別《とくべつ》にお引《ひ》きして、三百万円《まんえん》でいかがでしょう。それに、なにかおひとつ、おつけしましょう。ここにいるものなら、なんなりと」

ほんとうは、ベルベルは百五十万円《まんえん》で売《う》られた。漱石《そうせき》ひげは、しめしめだ。

「おまけ、ね」

大奥《おおおく》さまは、くるりとまわりを見《み》わたした。

「いらないわ。わたしのコレクションは、ヤマネコだけなのよ」

商談《しょうだん》は、まとまった。だけど、漱石《そうせき》ひげは知《し》らなかったんだ。売《う》ろうとするのに夢中《むちゅう》になっている間《あいだ》に、執事《しつじ》・いのしたが、そっと、ドアをほんの少《すこ》しあけたのを。

そのすき間《ま》があれば、ネコの頭《あたま》くらい、すっと入《はい》りこめたことをだ。

なにもかも、うまくいった。だけど、あやうく失敗《しっぱい》しそうなことがひとつだけあった。それはなんなのかって？

あの、おんぼろワゴン車《しゃ》のことだ。〝カメレオン〟の店《みせ》の前《まえ》に一度《ど》とまりかけて、ようやく気《き》がついたんだ。ふたり同時《どうじ》に。

このおんぼろワゴンで乗《の》りつける⁉　貴婦人《きふじん》の大奥《おおおく》さまが、執事《しつじ》を連《つ》れて⁉

大《おお》あわてでハンドルを切《き》って、うんとはなれた空《あ》き地《ち》へとめたんだ。

「あの、お車《くるま》は？」

店《みせ》の外《そと》へ見送《みおく》りに出《で》て、漱石《そうせき》ひげは、きょろきょろした。

「待《ま》たせてあります。大川《おおかわ》の橋《はし》のたもとに。運転手《うんてんしゅ》つきのロールス・ロイス。大奥《おおおく》さまのご希望《きぼう》で、少《すこ》しお歩《ある》きになりたいと」

執事《しつじ》・いのしたは、なんとか、ごまかしていた。冷《ひ》や汗《あせ》をかきながらだったけれど。

次《つぎ》の日《ひ》。夜《よる》八時《じ》少《すこ》し前《まえ》、きのうの空《あ》き地《ち》に、またおんぼろワゴンがとまっていた。中《なか》からとびだしたのは、館長《かんちょう》とパトラちゃんだった。井上《いのうえ》さんにくっついていって、〝カメレオン〟のうらの暗闇《くらやみ》で待《ま》つ。うまく逃《に》げだすはずのみんなを、ワゴン車《しゃ》まで連《つ》れて走《はし》る役《やく》だ。

みんな、そう、クックとゴッゴ、ぺぺとめさぶろは、あの秘密《ひみつ》の倉庫《そうこ》で、井上《いのうえ》さんがくるのを待《ま》ってるんだ。もちろん、ガルガルも。

漱石《そうせき》ひげは、朝《あさ》と夕方《ゆうがた》、おりの中《なか》の動物《どうぶつ》たちのエサやりと水《みず》かえとそうじをした。いつものおりに異常《いじょう》はなかった。中《なか》のヤマネコたちも、おとなしかった。でも、真《ま》夜中《よなか》になってから大《おお》さわぎになった。ベルベルを脱走《だっそう》させようとするゴッゴたちの計画《けいかく》を知《し》ったからだ。ぼくも連《つ》れてけ、わたしもここから出《だ》してって。

それならできる。ゴッゴたちは、あのにぎにぎ手《て》ぶくろを持《も》ってきている。おりのとめ金《がね》くらいあけるのは朝《あさ》めし前《まえ》だ。だけどみんな、いっしょに脱走《だっそう》したとしたって、その先《さき》をどうする？

オウム、コウモリ、砂漠《さばく》のキツネ。みぃんな遠《とお》い遠《とお》い国《くに》から連《つ》れてこられちゃったものばかり。だれをどうすればいいのか、井上《いのうえ》さんだっておはるさんだって頭《あたま》をかかえるに決《き》まっている。

『わたしたちは、だいじょうぶよ。日本《にほん》の森《もり》がすみかなんだし。めいわくかけない』

『そう、おまけに夜行性《やこうせい》だよ。まっ暗闇《くらやみ》の夜《よる》だって、ちゃんと森《もり》へ帰《かえ》れる』

コノハズクとアオバズクだ。

そうなると、かえってほかの動物《どうぶつ》たちが、だまっちゃいなかった。日本《にほん》の鳥《とり》だから、ひいきするのかよ。ずるいぞ、差別《さべつ》だぞって。

みんな帰《かえ》りたいんだ。ふるさとの森《もり》や野原《のはら》へ。たとえ一分《ぷん》一秒《びょう》だって、こんなせまいおりの中《なか》にいたいもんか。

クックは決断《けつだん》した。そして、大脱走《だいだっそう》は決《き》まった。

夜《よる》の八時《じ》、店《みせ》の時計《とけい》が待《ま》っていた八時《じ》を知《し》らせた。

さあ、いよいよだ。井上《いのうえ》さんがやってくるはずだ。それ、かかれ!

もみ手《で》をしながら、漱石《そうせき》ひげが、執事《しつじ》・いのしたを出《で》むかえていた。

「どうぞ」

秘密《ひみつ》のドアをひらいた、そのしゅんかんだった。明《あ》かりをつける間《ま》もなかった。漱石《そうせき》ひげは、うわっとさけんで、頭《あたま》の上《うえ》で両手《りょうて》をふりまわした。ばたばたと羽音《はおと》が続《つづ》いて、すごいほこりがたって、目《め》もあけられない。その足元《あしもと》を、なにかがすりぬけていく。それも、いくつもいくつもだ。

ようやくそれがやんで、明《あ》かりをつけたとき、おりのほとんどは空《から》っぽだった。

「待《ま》て、待《ま》てぇ！」

漱石《そうせき》ひげは、とびあがってさけんだ。店《みせ》の外《そと》へとびだした。もちろん、入《い》り口《ぐち》のガラス戸《ど》をあけっぱなしにしておいたのは、井上《いのうえ》さんだ。

漱石《そうせき》ひげは、〝カメレオン〟のまわりを一周《しゅう》してもどってきた。オオコウモリとアオバズク、コノハズクの消《き》えた空《そら》には、星《ほし》がうれしそうに光《ひか》ってた。

「逃《に》げられちゃいましたねぇ。ずいぶんいろいろ、いたようでした」

それには、井上《いのうえ》さんだっておどろいていた。脱走《だっそう》させるのは、ベンガルのベルベルだけだったはずなんだから。

漱石《そうせき》ひげは、口《くち》をきく元気《げんき》もなくなってた。がっくり肩《かた》を落《お》として頭《あたま》をかかえた。

「いったいどうしたんです？　まるで、みんな、放《はな》し飼《が》いにしてあったみたいな」

井上《いのうえ》さんは、ほんとにいじわるだ。なにもかも知《し》ってるくせに。おりをあけたのは、ひと晩《ばん》、そこにかくれていたゴッゴたちに決《き》まってるのに。

「残念《ざんねん》です。大奥《おおおく》さまが、どれほどがっかりなさるか。

気《き》にいってたんですよ、ひと目《め》で。上品《じょうひん》なおじょうちゃんネコにお育《そだ》てするおつもりで。しかし、逃《に》げられたとあっては、このお話《はなし》はなかったことで」

執事《しつじ》・いのしたは、あの礼服《れいふく》の内《うち》ポケットのあたりを、軽《かる》くおさえた。そこは、やけにふくらんでた。

漱石《そうせき》ひげが、ようやく顔《かお》をあげて、執事《しつじ》・いのしたの右手《みぎて》のしぐさを見《み》た。あそこには、入《はい》ってるんだ、きっと。三百万円《まんえん》の札束《さつたば》が。

「大奥《おおおく》さまのお名前《なまえ》と、お住《す》まいを教《おし》えておいてください。またきっと、手《て》に入《い》れて、お知《し》らせしますから」

「そうですね。

しかし、大奥《おおおく》さまは、ご身分《みぶん》のお高《たか》い方《かた》ですから。おたんじょう日《び》には、イギリスのエリザベス女王《じょおう》さまからもお祝《いわ》いの電話《でんわ》がくるようなお方《かた》ですから、なにもお教《おし》えできません」

その代《か》わりに、と言《い》って、執事《しつじ》・いのしたは、紙《かみ》に書《か》いてあるメモを手《て》わたした。

「ここに電話《でんわ》して、まず店《みせ》の名前《なまえ》を名《な》のってください。それから、ベンガルヤマネコのほかにも、貴重種《きちょうしゅ》のどんな動物《どうぶつ》が手《て》に入《はい》ったかを。大奥《おおおく》さま、気《き》がかわってなにかほしがるかもしれませんから」

「わ、わかりました。きっと」

漱石《そうせき》ひげは、ようやく気《き》をとりなおしたみたいだった。それをしりめに、執事《しつじ》・いのしたは外《そと》へ出《で》た。乗《の》ってきたはずの車《くるま》もないのに、漱石《そうせき》ひげは、それをあやしむことさえできなかった。

ワゴン車《しゃ》の中《なか》は大《おお》さわぎになっていた。なんだって、こんなに、いろいろいるんだ。だけど、そんなことを今《いま》、きいているひまはない。大至急《だいしきゅう》、ここから走《はし》って逃《に》げなくちゃならなかった。


その夜《よる》、井上《いのうえ》さんの発明《はつめい》ガレージの中《なか》は、しいんとしていた。

「なんとかしてくれっていったって。なんにも知《し》らないいんだぜ、こいつたちのこと」

やっぱりだった。井上《いのうえ》さんは頭《あたま》をかかえた。

「じゃが井上《いのうえ》さん。こうなったからには、今《いま》さら放《ほう》りだすわけにもいかんじゃろ。こんな見知《みし》らぬ国《くに》でまいごにするわけになど……。

井上《いのうえ》さんじゃもの、わしらの井上《いのうえ》さんじゃもの。なんとかしてくだされ」

井上《いのうえ》さんが、ようやく顔《かお》をあげた。

「そうだな、館長《かんちょう》もいるし、クックもいる。みんなで知恵《ちえ》を出《だ》しあおうか……」

「もうひとり、おはるさんもいるっ。おはるさんの天才的《てんさいてき》、悪知恵《わるぢえ》かりようよっ」

「こら、ぺぺ。ほめ方《かた》に気《き》をつけなさいっ」

クックが、しかりながら笑《わら》った。

なんとかするには、まずこのみんなのことを、くわしく知《し》らなくちゃならない。

オオコウモリは、若《わか》いメスだった。そのこわい顔《かお》つきに似《に》あわず、果物《くだもの》が主食《しゅしょく》。別名《べつめい》、フルーツコウモリって呼《よ》ばれてる。ふるさとの国《くに》インドでは、バナナやパパイヤを食《た》べていたそうだ。

コウモリなのに、昼間《ひるま》も活動《かつどう》する。知《し》らない人《ひと》は、真《ま》っ黒《くろ》な翼《つばさ》をゆっくり羽《は》ばたかせて群《む》れになって飛《と》ぶすがたにおどろくはずだ。

オウムもメス、ようやく大人《おとな》になりかけだった。木《こ》の実《み》が大好物《だいこうぶつ》で、かたいくちばしで、ヒマワリの種《たね》なんか、いっぱつで割《わ》る。長《なが》いしっぽと翼《つばさ》で、速《はや》く飛《と》べる。だけど夜《よる》は目《め》がよく見《み》えない。

〝カメレオン〟から脱走《だっそう》したときは、オオコウモリの羽音《はおと》がただひとつのたよりだった。後《うし》ろにくっついて、なんとかおんぼろワゴンまで、たどりつけたってわけだ。

フェネックだけは、インドからじゃない。エジプトから連《つ》れてこられた。ほとんど夜行性《やこうせい》で、キツネなのにこわくない。ネコより小《ちい》さくて、大《おお》きな耳《みみ》と、どでかい目《め》は、なんだかおくびょうに見《み》える。だけど、れっきとした肉食《にくしょく》の動物《どうぶつ》だ。

「となると、食《た》べものにはこまらないな」

おはるさんは、ごきげんだった。

「ふうん、果物《くだもの》を好《す》きなのかい。気《き》にいったよ。もうすぐうちのモモが実《みの》るんだよ。

くらべてごらん。パパイヤなんかよりおいしいよ」

井上《いのうえ》さんが、いきなり、〝そうだっ〟ってさけぶみたいに言《い》った。

「館長《かんちょう》、クック。みんなに話《はな》してやってくれ。

今度《こんど》の大脱走《だいだっそう》、このおはるさんのおかげだよって。すごいんだ、悪知恵《わるぢえ》の天才《てんさい》なんだぞって。あっ、ごめん」

「あやまることないよ。ほんとのことなんだから。あの、三百万円《まんえん》のニセの札束《さつたば》、古新聞《ふるしんぶん》切《き》って、こしらえたのもわたしだった。

ああ、いやだいやだ。わたしゃいったいいつから、こんなになっちゃったのかねえ。自分《じぶん》でも、あきれてるんだよ」

「だけど、あの大奥《おおおく》さまの演技《えんぎ》、すごかった。アカデミー賞《しょう》ものだったですよ。もちろん、〝主演女優賞《しゅえんじょゆうしょう》〟！」

「あんただって執事《しつじ》・いのした。あの漱石《そうせき》ひげ、まったくあやしまなかったものね。
・・・仕上げの、あの電話番号《でんわばんごう》のこと、みんなに話《はな》したかね、井上《いのうえ》さん」

そうなんだ。あれは井上《いのうえ》さんの悪知恵《わるぢえ》だった。あの電話番号《でんわばんごう》は、なんと〈NP《エヌピー》O《オー》・野生動物《やせいどうぶつ》を守《まも》る会《かい》〉のところのだった。

「あいつね、きっと声《こえ》をひそめて言《い》うよ。こちらペット店《てん》、〝カメレオン〟です。お待《ま》ちかねのベンガルヤマネコ、手《て》に入《い》れました。そのほかにもお見《み》せしたいものが、いろいろと……。

電話《でんわ》に出《で》た人《ひと》、NPO《エヌピーオー》ですって答《こた》えてもあいつ、あやしまないんだ。おれこう言《い》ってある。『電話《でんわ》に出《で》るのは、大奥《おおおく》さまのヤマネコのエサ係《がかり》。このことは大《だい》の秘《ひ》密《みつ》だから、ウソを名《な》のることになってる』からだって」

NPO《エヌピーオー》は、きっと警察《けいさつ》に知《し》らせる。そして、あいつ、〝御用《ごよう》〟になるだろう。

「だけど、ちょっとやりすぎかなぁ。みんな逃《に》げだして、今度《こんど》は仕入《しい》れたばかりのを取《と》りあげられて、罰金《ばっきん》もきっとうんとだ。

それとね、あの夏目漱石《なつめそうせき》みたいなひげな。漱石《そうせき》って〈吾輩《わがはい》は猫《ねこ》である〉って名作《めいさく》残《のこ》してる大作家《だいさっか》なんだ。

なんだかおれ、気《き》もあいそうだった」

「いいんだよ、ひげだけだよ、似《に》てたのは。

天罰《てんばつ》だよ。うんとこらしめられなきゃ、またやるよ。ごらん、このこたちの心配顔《しんぱいがお》」

「井上《いのうえ》さん、これで決《き》まりじゃよ、わしらの三度目《どめ》の空飛《そらと》ぶ旅《たび》は。

今度《こんど》のは、だれかに会《あ》いに行《い》くんじゃない。送《おく》りとどけよう。こやつたちを待《ま》ちわびとるのは、母《かあ》さんか父《とう》さんか、きょうだいか仲間《なかま》たちか。

そのものたちの待《ま》つ、ふるさとの森《もり》や野《の》に」

館長《かんちょう》が言《い》い、みんな目《め》をかがやかせた。

「むりだよ、館長《かんちょう》。そんなにでかいのら号《ごう》は。みんな一度《ど》に乗《の》れるのなんか、絶対《ぜったい》むりだ。

だけどな、さっきから考《かんが》えてることがある。うまくいけば、もしかするぞっ」

井上《いのうえ》さんが、指《ゆび》をぱちんと鳴《な》らした。

「それに、もしかしたら、パトラとゴッゴの新婚旅行《しんこんりょこう》、できるかもしれないぜっ」

4 パトラちゃんの結婚式《けっこんしき》

電話《でんわ》で、スマホのメールで、井上《いのうえ》さんは大活躍《だいかつやく》してくれた。話《はな》してる相手《あいて》は、あの富士山丸《ふじさんまる》の船長《せんちょう》だ。

アフリカ帰《がえ》りに、危機一髪《ききいっぱつ》、のら号《ごう》は海《うみ》へ落《お》ちかけた。そのとき助《たす》けられたのが、アフリカからコーヒー豆《まめ》を運《はこ》んでいた富士山丸《ふじさんまる》だった。

その富士山丸《ふじさんまる》には、めさぶろの兄《にい》ちゃん、三毛《みけ》ネコのみみいちろが乗《の》ってる。二番目《ばんめ》のちょい悪《わる》の兄《にい》ちゃん、はなじろは船《ふね》のドクターに気《き》にいられて、その孫《まご》たちの家《いえ》にいるはずだ。そんなこんなで、富士山丸《ふじさんまる》とマリーナののらたちは、縁《えん》が深《ふか》すぎるほど深《ふか》い。

電話《でんわ》だから、相手《あいて》の船長《せんちょう》の話《はなし》はききとりにくい。のらたちは井上《いのうえ》さんにぴったりくっついて、体全部《からだぜんぶ》を耳《みみ》にしていた。

「えっ、今度《こんど》は砂漠《さばく》の国《くに》ですって？

インドの沖《おき》を通《とお》る？　それはすごいっ」

「そうですか、乗《の》せてくれますか。ありがたいです」

「もちろん、ヤマネコもキツネも、オウムも、おとなしくさせます」

「はいっ、もちろん、のら三号《ごう》はつくります」

「あのう、みみいちろは、今《いま》も船《ふね》に？」

「よかったっ。めさぶろが喜《よろこ》びます。あのう、はなじろは？」

「えっ、そうと決《き》まれば、ドクターが連《つ》れて乗《の》ってくれるんですか。すごいっ、三兄弟《きょうだい》、またいっしょになれるんですね」

井上《いのうえ》さんのする返事《へんじ》だけで話《はなし》はじゅうぶんつながった。

きいている、めさぶろのうれしそうな顔《かお》といったらなかった。

話《はなし》はこうまとまった。富士山丸《ふじさんまる》はマリーナ村《むら》のずっと沖《おき》を通《とお》る。積《つ》み荷《に》は、海《うみ》の水《みず》を人《ひと》が飲《の》める真水《まみず》にかえるすごい機械《きかい》だ。雨《あめ》がふらなくて、なにより水《みず》が貴重《きちょう》な砂漠《さばく》の国《くに》へ運《はこ》ぶんだ。

富士山丸《ふじさんまる》の出港《しゅっこう》までに十日間《かかん》しかない。みんな昼《ひる》も夜《よる》もはたらいた。のら号《ごう》も三つ目《め》ともなれば、つくり方《かた》はみんなわかっている。アフリカ帰《がえ》りで、かなりぼろぼろのを直《なお》した。かごキャビンは新《あたら》しいのを買《か》った。風船《ふうせん》もうんと準備《じゅんび》したし、グライダーの翼《つばさ》も修理《しゅうり》した。あとは富士山丸出港《ふじさんまるしゅっこう》の知《し》らせを待《ま》つばかりになった。だけど、ヤマネコさわぎで大切《たいせつ》なことがひとつ、のびのびになってしまっていた。それはパトラちゃんと、ゴッゴの結婚式《けっこんしき》だ。

明日《あした》の朝早《あさはや》く、のら三号《ごう》はマリーナを発《た》つ。そして、二度《ど》富士山丸《ふじさんまる》へ往復《おうふく》する。ヤマネコ兄妹《きょうだい》がいるから、今《いま》までみたいにみんないっしょには飛《と》べない。その夜《よる》、あわただしく、パトラちゃんとゴッゴの結婚式《けっこんしき》が行《おこな》われた。

神父《しんぷ》さま役《やく》は、館長《かんちょう》。もちろん初《はじ》めてのことだ。パトラちゃんは、シロツメクサの花《はな》かんむり、ゴッゴは、あの、執事《しつじ》・いのしたのチョウネクタイをつけさせられていた。

夜《よる》のマリーナに、星《ほし》たちが、お祝《いわ》いに参加《さんか》してくれてるみたいに、またたいていた。

「なんじゴッゴよ、おまえは、ここにいるパトラを妻《つま》とし、生涯《しょうがい》、愛《あい》することをちかうか」

〝結婚式場《けっこんしきじょう》〟は、いちばん大《おお》きなヨットのデッキを借《か》りて、マリーナ中《じゅう》ののらたちがいる。井上《いのうえ》さんとおはるさんもきてくれてる。

「は、はいっ。ち、ちがいます。あっ、ちがいません、ちかいます」

ゴッゴは、こちこち。まちがったけど、ちかった。

「なんじパトラよ、おまえはここにいるゴッゴを夫《おっと》とし、生涯愛《しょうがいあい》することをちかうか。その命《いのち》、つきるまで」

「はい、ちかいます」

パトラちゃんのほうは、りんとしてちかった。
人間《にんげん》みたいに、指輪《ゆびわ》の交換《こうかん》なんかない。
ネコの指《ゆび》には、じゃまになるだけだ。
さあ、次《つぎ》は、ちかいのチューだ。
これには、ひげがじゃまになったけど、
そんなの、かまうもんか。
おはるさんの祝辞《しゅくじ》がよかった。
「パトラちゃん、おめでとうね。
ほんとうなら、のらじんせいなんかに
縁《えん》のなかったはずの、あんただね。
別荘《べっそう》の奥《おく》さんのところで、
どんなぜいたくだってできたでしょ。
それなのに、いつも夢《ゆめ》を追《お》いかけて、

自由《じゆう》に生《い》きるゴッゴを選《えら》んだ。あんたも自由《じゆう》に生《い》きる道《みち》を選《えら》んだ。そんなあんたを、ほんとうの娘《むすめ》みたいに、誇《ほこ》りに思《おも》うよ。幸《しあわ》せにね」

ゴッゴには、クックからの祝辞《しゅくじ》だった。

「ゴッゴ、きみが川《かわ》でおぼれかけていたとき、わたしがそこを通《とお》りかかったのは、きっと、わたしのご主人《しゅじん》のおみちびきだったにちがいない。

わたしはその日《ひ》、お墓《はか》に手《て》をあわせているとき、ご主人《しゅじん》の声《こえ》をきいた。

『クックよ、もう、わたしから、ひとり立《だ》ちしなさい。今《いま》まで、自分《じぶん》ひとりのことしかできなかったおまえだが、もう、自分《じぶん》より力《ちから》のない者《もの》に、その力《ちから》を貸《か》せる。さあ、おまえはもう、りっぱにいちにんまえだ』

その帰《かえ》り、わたしがきみに、初《はじ》めてそうできたように、そうなれたように、きみがだれかにそうする番《ばん》がきた。パトラを守《まも》れ。

わたしは今《いま》から、楽《たの》しみでしょうがない。きみとパトラの子《こ》どもたちに会《あ》える日《ひ》がくるのをね。

ほんとうにおめでとう。パトラ、ゴッゴ
井上《いのうえ》さんの祝辞《しゅくじ》だって、よかった。

「パトラにゴッゴ、ぼくもうれしい。

大好《だいす》きなきみたちのための、ぼくのとっておきのプレゼントは、のら三号《ごう》の、スイートキャビンだ。手伝《てつだ》っていたきみたちは、うすうす感《かん》づいていただろうが。雨《あま》おおいに、大《おお》きなハート形《がた》シートをはった。もちろんおはるさんのつくってくれた特別製《とくべつせい》だ。

ほんとうは、新婚旅行《しんこんりょこう》っていうのは、ふたりきりで行《い》くもんだ。だけど、きみたちには、ぞろぞろ、ぞろぞろ、じゃまで、やぼな連中《れんちゅう》がくっついてく。

いいか、ラブラブのじゃま、するんじゃないぜ。

だけどパトラにゴッゴ。新婚旅行《しんこんりょこう》に行《い》く先《さき》はなんとピラミッド。しかもてっぺんまで案内《あんない》するのは、クフ王《おう》。うんと楽《たの》しんできて、みやげ話《ばなし》をきかせてくれ」

そうだった。フェネックはなんと、エジプトのいちばん大《おお》きなクフ王《おう》のピラミッ

ドにすんでたっていった。上《うえ》のほうの
積《つ》み石《いし》に小《ちい》さなすき間《ま》があって、
その穴《あな》ぐらは、いいすみかに
なってるそうだ。夜《よる》、そこから
出《で》ていって、ハトやトカゲをねらう。
サソリだってエサにする。
　それをきいて、名前《なまえ》はすぐに
決《き》まった。
「おまえの名《な》は『クフ王《おう》』！」
　そのあと、オウムとオオコウモリの
呼《よ》び名《な》は、なんと、はなじろが
つけることになる。

5　のらの箱舟《はこぶね》

マリーナ村《むら》から沖《おき》を行《ゆ》く富士山丸《ふじさんまる》へ、のら三号《ごう》は二度《ど》、ピストン輸送《ゆそう》する。一便《びん》目《め》、ヤマネコ兄妹《きょうだい》を運《はこ》ぶ。

マリーナに引《ひ》き返《かえ》して、二便目《びんめ》でいつもののら号《ごう》のクルー全員《ぜんいん》が富士山丸《ふじさんまる》にそろう。フェネックもだ。その間《あいだ》も富士山丸《ふじさんまる》は、いつもの速度《そくど》で走《はし》りつづけるから、時《じ》間《かん》の計算《けいさん》はきちんとやらなくちゃならなかった。

「空《そら》を飛《と》べるきみたちは、自分《じぶん》でな。

のら号《ごう》を少《すこ》しでも軽《かる》くしなくちゃならないからね」

クックの言《い》うとおり、オオコウモリとオウムは、第《だい》一便《びん》ののら号《ごう》と飛《と》んだ。もち

ろんインドは遠《とお》すぎるから、そのあとからは富士山丸《ふじさんまる》に乗《の》っていく。

のら号《ごう》がインドの、いちばん南《みなみ》の岬《みさき》に近《ちか》づいたとき、また三角《さんかく》の線《せん》を引《ひ》いて、二度《ど》ピストン輸送《ゆそう》だ。ヤマネコ兄妹《きょうだい》を無事陸《ぶじりく》におろしたら、おしまい。

それからの航海《こうかい》はおまけ。みんなして、ピラミッド見物《けんぶつ》だ。のら号《ごう》はそんなに大《だい》活躍《かつやく》しないだろう。富士山丸《ふじさんまる》のマストのてっぺんにつながれて、ぽこぽこゆれてるだけでいい。

なぁんだ、アフリカのときみたいな大冒険《だいぼうけん》になりそうもない。それでも、再会《さいかい》できた悪《わる》のら三兄弟《きょうだい》の喜《よろこ》んだこと！　体《からだ》をぶっつけあって、とっくみあって、ごろごろごろごろころげまわって。

はなじろが、目《め》をむいたのは、やっぱり初《はじ》めて会《あ》ったものたちだった。

「なにぃ、ヤマネコだってえ。なにぃ、まだ生《う》まれて半年《はんとし》だってえ。おれより、でっかいじゃねえかよ。なに食《く》うと、そんなになれるんだよ。もしかしたら、ゾウかぁ」

「なにぃ、ちゃんとした名前《なまえ》があるって？　そんなのはすてちゃえ。今日《きょう》からおまえは大好物《だいこうぶつ》の名前《なまえ》もらえ。パパイヤにしろ。

もんくあるか？　それとも、ママイヤのほうがいいかぁ」

「おまえはヒマワリ、好《す》きなんだってな、ヒマワリの種《たね》。じゃぁ名前《なまえ》もヒマワリにしろ。ひまでひまで、ひまわり割《わ》って、おかわり……おかわりぃ」

はなじろの性格《せいかく》は、ちっともかわっちゃいなかった。

そんなみんなを、船長始《せんちょうはじ》め、ほとんどの船乗《ふなの》りが出《で》むかえてくれた。

今度《こんど》は、のらネコたちだけじゃない。みんな初《はじ》めて見《み》る野生《やせい》の動物《どうぶつ》ばかりだ。

「まるで本船《ほんせん》は、ノアの箱舟《はこぶね》みたいだな」

船長《せんちょう》の言《い》ったノアの箱舟《はこぶね》、それは神話《しんわ》だ。神《かみ》さまがすべての生《い》き物《もの》をつくった。人間《にんげん》もだ。ところが人間《にんげん》があまりに悪《わる》くなりすぎた。ついに神《かみ》さまはおこった。

そしてこの世界《せかい》を一度《ど》、ほろぼした。大雨《おおあめ》をふらせ、洪水《こうずい》をおこして、すべてを水《みず》の底《そこ》へしずめた。

「神《かみ》さまはね、そうする前《まえ》に、ノアという男《おとこ》とその家族《かぞく》だけは助《たす》けることにした。正直《しょうじき》でつつましく、畑《はたけ》を耕《たがや》し種《たね》をまき、いつも天《てん》に祈《いの》っていたノアをね。

神《かみ》さまはノアに命《めい》じた。大《おお》きな箱舟《はこぶね》をつくれとね。そして、すべての生《い》き物《もの》を、ひとつがいずつ、箱舟《はこぶね》に乗《の》せよって。

ノアの箱舟《はこぶね》は、長《なが》い長《なが》い間《あいだ》、大海原《おおうなばら》をただ漂《ただよ》いつづけた。そしてある日《ひ》、ついに陸《りく》があらわれ、動物《どうぶつ》たちは、思《おも》い思《おも》いの地《ち》へ散《ち》った」

船長《せんちょう》は、うれしそうに話《はなし》を続《つづ》けた。

「じつは、わたしの苗字《みょうじ》は〝野呂《のろ》〟というんだよ。きみたちは、のら、本船《ほんせん》はのらの箱舟《はこぶね》になった。そしてわたしは、のろ。楽《たの》しいぐうぜんがかさなったね。だが、心配無用《しんぱいむよう》、名前《なまえ》はのろだが、本船《ほんせん》はノロノロじゃないからね。それより今夜《こんや》は、歓迎《かんげい》のディナーだ。再《ふたた》びきみたちに会《あ》えて、わたしはうれしいぞ」

ディナーパーティーは、ごちそうの山《やま》だった。コックさんは、ちゃんと、クフ王《おう》とネコたちにはソーセージなんかを。ヒマワリにはなにかの豆《まめ》を、パパイヤには、パパもいやがらなさそうな果物《くだもの》を、お皿《さら》に山《やま》もりにしてくれた。みんなが顔《かお》を真《ま》っ赤《か》にして飲《の》んでるビールは、飲《の》めって言《い》わなかったけれど。

正直言《しょうじきい》うと、船《ふね》の旅《たび》はみんなたいくつだった。なぜって、することがないんだ。マストへかけ登《のぼ》ったりかけおりたり、甲板《かんぱん》を走《はし》りまわったりするのはすぐにあきた。島《しま》や陸地《りくち》からだいぶはなれて走《はし》っているみたいで、いつも見《み》えるのは水平線《すいへいせん》ばかり。島《しま》なんか影《かげ》も形《かたち》も見《み》えなかった。

寝《ね》るところは、自由《じゆう》にさせてもらえた。トイレも砂《すな》トイレが、二つ。ネコ好《ず》きな船乗《ふなの》りには、ゴロゴロのどを鳴《な》らせば、いっしょのベッドに入《い》れてもらえたし、古毛布《ふるもうふ》の寝床《ねどこ》も、いくつもつくってくれてあった。

船《ふね》の中《なか》の探険《たんけん》も、自由《じゆう》にさせてもらえた。

ブリッジは高《たか》いところにあって、いつも船《ふね》の進《すす》む先《さき》が見《み》えていた。機関室《きかんしつ》は船《ふね》の心臓《しんぞう》。いつもエンジンがうなっていて暑《あつ》かった。

のらたちが、いちばん気《き》にいったのは、し・ち・ゅ・う室《しつ》、つまり台所《だいどころ》だ。いつ行《い》ってもいいにおいがしていて、コックさんが、ほれ食《く》え、なんて言《い》いながら、なにかしら投《な》げてくれた。

富士山丸探険《ふじさんまるたんけん》は、それだけ。こんな日《ひ》が、ヤマネコ兄妹《きょうだい》たちをインドに上陸《じょうりく》させるまで、まだ十三日《にち》くらい続《つづ》く。その先《さき》のエジプトの港《みなと》までだと二十日《はつか》よりもっとだっていう。

同《おな》じ旅《たび》だって、のら号《ごう》ならちがった。いつもすることがあった。それが船《ふね》まかせ人《ひと》まかせ、なまけて遊《あそ》んでるだけで、目的地《もくてきち》にちゃんと着《つ》くんだ。だけど、たいくつだ。そんなたいくつをふきとばす、すごいのをめさぶろが見《み》つけた。

「なんだ、あれは？」

「なにしてるんだ、タクちゃんは？」

そんなある日《ひ》、みんなは見《み》た。あの海賊《かいぞく》どもをやっつけたタクちゃんが、空手《からて》のけいこしているところをだ。

「はっ、ふっ」

白《しろ》いけいこ着《ぎ》に黒帯《くろおび》。はだしの足《あし》が、つんと、頭《あたま》より高《たか》くけりあげられる。こぶしが前《まえ》をつき、すばやく、わき腹《ばら》にもどる。体《からだ》がくるりくるりとまわり、右《みぎ》かと思《おも》えばもう左《ひだり》だ。

ぺぺと、いつもいっしょにいるめさぶろがかけよってた。

「教《おし》えて、空手《からて》。タクちゃん！」

タクちゃんがしたように、すばやく動《うご》いてみせた。立《た》ちあがって、パッパッと右《みぎ》手《て》左手《ひだりて》をつきだし、宙返《ちゅうがえ》りまでしてみせた。

これなら、見《み》ただけで、めさぶろがなにを言《い》ったのか、タクちゃんにわかった。

「なにぃ、教《おし》えろっていうのか、おれの空手《からて》。

いいよ。なんだか、わざわざ教《おし》えなくたって、きみたちすごいけど」

いつの間《ま》にだろう、のらたち全員《ぜんいん》が集《あつ》まってた。のそのそと、館長《かんちょう》まであらわれた。

「なにぃ、みんなでかい？　いいよ、ぼくもたいくつしのぎにもってこいだ」

笑《わら》いながら、引《ひ》きうけてくれたんだ。

クラブの名前《なまえ》は、館長《かんちょう》が決《き》めた。

〈洋上《ようじょう》、のらネコ空手道場《からてどうじょう》〉

おもしろくもなんともないけど、これなら、いっぱつでわかる。洋上《ようじょう》、というのは海《うみ》の上《うえ》、おまけに生徒《せいと》がのらネコ。やっぱりいい名前《なまえ》かもしれない。

タクちゃんは舵取《かじと》りだ。ブリッジで仕事《しごと》してる。一日《にち》、四時間舵《じかんかじ》をにぎって八時《じ》間《かん》休《やす》み。また四時間《じかん》をくり返《かえ》して。はたらく当番《とうばん》のことを船《ふね》ではワッチ、って呼《よ》んでるんだ。

　洋上空手教室《ようじょうからてきょうしつ》がひらかれるのは、そのタクちゃんの休《やす》みのとき。甲板《かんぱん》の片《かた》すみに、みんな集《あつ》まって、はっ、ふっ、はっふが始《はじ》まった。

　のらたちは、いっせいに動《うご》いた。タクちゃんの動《うご》きをまねしながらだ。
右《みぎ》、左《ひだり》、こぶしをつきだし、
さっと引《ひ》っこめる。
片足立《かたあしだ》ちの後《うし》ろげり。まわしげり。
とびあがりながら、頭《あたま》より高《たか》く宙《ちゅう》をける。

「みんなすごいな。きみたちの身軽《みがる》さには、ぼくだってかなわないよ。三日《か》きりだが、もう十分《じゅうぶん》だ。今度《こんど》は、組《く》み手《て》にうつろう」

組《く》み手《て》は、ふたり一組《くみ》になって向《む》かいあう。そして覚《おぼ》えた技《わざ》をくりだす。相手《あいて》はそれをかわしたり受《う》けたりして、すばやく攻撃《こうげき》にうつるんだ。

みんなうまい。みごとな技《わざ》だ。だけど、館長《かんちょう》はくわわらなかった。むりもない、あんなにはげしい動《うご》きには、もうとてもついていけない。

はなじろは、まだ治《なお》りきらない足《あし》をむりさせてタクちゃんの弟子《でし》になっていた。だけどどうしても、とびあがる力《ちから》が弱《よわ》いし、ふんばるのもだった。歯《は》をくいしばって練習《れんしゅう》しているから、いつも苦《くる》しそうに見《み》えた。

そのはなじろだけが、タクちゃんの教《おし》えてくれてるのとちがうことをやりはじめていた。

自分勝手《じぶんかって》の、悪《わる》い性格《せいかく》がまた顔《かお》を出《だ》したかって、見物《けんぶつ》しているクックは眉《まゆ》をひそめた。ところがだ。タクちゃんが目《め》をむいた。

「はなじろだったな。今《いま》、なにしてた。爪《つめ》をひらいてたのか、こぶしをにぎるんじゃなくてっ。なぜだ、どうしてだっ？」

はなじろが、にゃごにゃご、なにか言《い》ったのを、タクちゃんは、自信《じしん》をもって言《い》いあてた。

「そうか。じつは、ぼくも気《き》になってたんだよ。動《うご》きはすばらしい。だけど、やっぱりネコの手足《てあし》だ。ついてもけっても力《ちから》が弱《よわ》い。大《おお》きな相手《あいて》にダメージはあたえられっこない。

しかたないかって思《おも》ってたが、はなじろ、きみの動《うご》きで思《おも》いだしたぞ。琉球空手《りゅうきゅうからて》には、きみたちにぴったりの技《わざ》があった。〈虎爪《こそう》〉という技《わざ》だ」

タクちゃんは、こうふんしていた。

虎《こ》というのはトラ。爪《そう》はつめ。

そう、虎《とら》の爪《つめ》。その爪《つめ》を思《おも》いきりひらいて使《つか》う。さっと引《ひ》っかき、さっと引《ひ》っこめる。

「たとえ敵《てき》がだれであっても、急所《きゅうしょ》は目《め》と鼻《はな》。そこをねらえば敵《てき》はひるむ。犬《いぬ》なんかにでも、もしひとかみされたら、小《ちい》さなきみたちの負《ま》けだ。敵《てき》をひるませて、逃《に》げる。いっしゅんの勝負《しょうぶ》には、それしかない。

はなじろ、きみは、すごいっ」

そうか、ネコ科《か》の王者《おうじゃ》の技《わざ》か。さすがに、はなじろだ。みんなにもほめられて、はなじろらしくなく照《て》れた。

虎爪《こそう》の技《わざ》は毎日《まいにち》くり返《かえ》し練習《れんしゅう》された。

「みんな、免許皆伝《めんきょかいでん》だ。きっと犬《いぬ》ともクマとも、大型《おおがた》のヤマネコとも戦《たたか》えるだろう。だけど、これだけは覚《おぼ》えておくんだよ。

空手《からて》は、相手《あいて》をやっつけるためのものじゃぁない。あくまでも、自分《じぶん》を守《まも》るため。ぎりぎりがまんして、それでも、いよいよ身《み》が危《あぶ》なくなったとき、しかたなく使《つか》う。

もうひとつ、大切《たいせつ》な仲間《なかま》に危険《きけん》がせまったとき、これもしかたない。それを守《まも》れないものは、かえって身《み》をほろぼす。できることなら、戦《たたか》わないで逃《に》げることだ。きみたちに向《む》いているのは、それかな。

逃《に》げるのを、はずかしいなんて思《おも》うな。生《い》きのこれたことこそが勝利《しょうり》なんだ」

ぼくはねって、タクちゃんは続《つづ》けた。

「あの、海賊《かいぞく》四人《にん》をたおしたとき、そのあとでのろ船長《せんちょう》は、ひとこともほめてくれなかった。かえって、ものすごくしかられた。

『もし、ひとりでもたおしそこなってたら、どうなっていたか。海賊《かいぞく》は銃《じゅう》で武装《ぶそう》してた。二度《ど》とやるな。これは船長命令《せんちょうめいれい》だっ！』

そのとおりだったよ。ぼくは思《おも》いあがってたんだね。仲間《なかま》のみんなを、とんでもない危険《きけん》にさらしたんだ。だから、きみたちにも、このことは守《まも》ってほしい。

〝なま兵法《びょうほう》はケガのもと〟ってことわざがあってね。ぼくはそれをおかしてたんだ」

タクちゃんのおでこに、汗《あせ》が光《ひか》っていた。

◇

「どうかね、井上《いのうえ》さん。パトラちゃんたち、船《ふな》よいなんかしてないかね」

おはるさんは、野菜《やさい》の行商《ぎょうしょう》の帰《かえ》り、いつもどおり井上《いのうえ》さんの発明《はつめい》ガレージによってきく。赤《あか》いヘルメットをぬぎながらだ。五十ＣＣだけどバイクにまたがってリヤカーを引《ひ》いて。やっぱり大奥《おおおく》さまの格好《かっこう》より、かっこいい。

「順調《じゅんちょう》ですよ。もう、インド洋《よう》へ出《で》たようです。スリランカっていう島国《しまぐに》の沖《おき》を通《つう》過中《かちゅう》だそうです。船《ふな》よいどころか、空手《からて》なんか教《おし》えてもらってて。パトラちゃんまで」

井上《いのうえ》さんがうれしそうに話《はな》すのも、いつものことだ。

クックと館長《かんちょう》がスマホをひとつずつ、持《も》っていってる。みんな、おはるさん特製《とくせい》のジャケットを着《き》ている。ポケットがいっぱいのだ。そこには、にぎにぎ手《て》ぶくろが入《はい》ってる。すっぽりと手《て》にはまって、役立《やくた》たずで名高《なだか》いネコの手《て》でも、たいがいのものはにぎれる。

ぴこぴこ手《て》ぶくろはクックと館長《かんちょう》しか持《も》っていない。スマホをおすときだけ使《つか》う。

そのぴこぴこ手《て》ぶくろが、大活躍《だいかつやく》してるんだ。

〈今日《きょう》も波《なみ》おだやか。ヤマネコ兄妹《きょうだい》とは、あと四、五日《にち》でお別《わか》れです〉

〈そうか、よかったね。みやげ話《ばなし》、たくさん待《ま》ってるよ〉

なんて井上《いのうえ》さんからの返信《へんしん》を、みんなでのぞきこむんだ。

そして――。クックが全員《ぜんいん》を集《あつ》めた。

「のろ船長《せんちょう》からの知《し》らせだ。明日《あす》の夜明《よあ》け、インドの岬《みさき》が近《ちか》くなる。いよいよ、ガルガルたちとお別《わか》れだ。

のら号《ごう》の操縦《そうじゅう》は、わたしとゴッゴ、ぺぺとめさぶろ。館長《かんちょう》たちは富士山丸《ふじさんまる》に残《のこ》ってててください」

そう、ガルガル・ベルベルが上陸《じょうりく》するのを見《み》とどけたいのはやまやまだけど、いつものクルーのかわりにこのヤマネコ兄妹《きょうだい》がいる。全員《ぜんいん》は乗《の》れない。

しかたなしに、ほかのみんなはうなずいた。

「わたしたちはいっしょに飛《と》ぶよ、のら号《ごう》と」

もちろん、ヒマワリとパパイヤだ。

「さあ、きみたち、帰《かえ》れるぞ。ふるさとの山《やま》が森《もり》が待《ま》ってる。
母《かあ》さんや仲間《なかま》たちが待《ま》っているっ」
クックの力強《ちからづよ》い声《こえ》が、海風《うみかぜ》に乗《の》って流《なが》れた。

6 見送《みおく》ってくれた、のら号《ごう》

のら三号《ごう》が、高《たか》い木《き》のてっぺんから、ふわりと宙《ちゅう》に浮《う》いている。ここまでくれば、もういいはずだった。だって、ガルガルとベルベルのふるさとの国《くに》、インドだもの。

「もう、だいじょうぶです、クック機長《きちょう》。母《かあ》ちゃんのところへ、きっと帰《かえ》れるよ。なっ、ベルベル」

「うん、わたし、ちゃんと覚《おぼ》えてるもの。十八の川《かわ》、わたった。二十七の駅《えき》、通《とお》ってきた。だから歩《ある》くの、その線路《せんろ》」

港《みなと》で貨物船《かもつせん》に乗《の》せられるまで、列車《れっしゃ》にゆられながら、おりの中《なか》から耳《みみ》をすませ、すき間《ま》からのぞきながら、覚《おぼ》えているとベルベルは言《い》った。

「どのくらいかかったんだい、初《はじ》めに乗《の》せられた駅《えき》から港《みなと》の駅《えき》まで?」

「夜《よる》が三度《ど》と、昼《ひる》が二度《ど》だった」

「列車《れっしゃ》の速《はや》さで、そんなにかい?」

ガルガルが、うなずいた。

「歩《ある》いて帰《かえ》ることになるけど、危《あぶ》ないことはないのかな?」

「わからない。駅《えき》にとまると、街《まち》だった。人《ひと》がおおぜいいたし、牛《うし》もいた」

牛《うし》は、インドでは神《かみ》さまの使《つか》いだって信《しん》じられてるから、人《ひと》に飼《か》われたりしていない。自由気《じゆうき》ままに、どこにでもいる。人《ひと》だって自動車《じどうしゃ》だって、牛《うし》に道《みち》をゆずるんだ。

牛《うし》は危険《きけん》ではないとして、人《ひと》はどうするだろう、ヤマネコを見《み》たら。

クックが、うで組《ぐ》みした。

「犬《いぬ》はいたよ。どこの街《まち》にもうろついてました」

「のら犬《いぬ》か?」

「わかんない。みんなやせてました」

「のら犬《いぬ》ですよ、クック機長《きちょう》。少《すく》ない食《た》べものをうばいあって、いつもけんかしてる犬《いぬ》たちです。危《あぶ》ないです、ガルガルたちだって」

パパイヤが、木《き》の枝《えだ》からさかさにつりさがりながら言《い》った。ヒマワリも、まだいっしょにいる。ふたりとも、もう好《す》きに、どこへだって飛《と》んでいけるのに。行《い》かないでいる。

だまりこんで、うで組《ぐ》みしてるのは、クックだけじゃなくなった。それがどうしてなのか、ベルベルにもわかったみたいだ。

「だいじょうぶ。ここはもう、わたしの生《う》まれた国《くに》だもの。そうよね、兄《にい》ちゃん。ほら、あの雲《くも》の形《かたち》だって見覚《みおぼ》えあるもの」

「そうだよ、風《かぜ》だって、お帰《かえ》りっていってる」

クックは、うで組《ぐ》みしたままだ。

ゴッゴが、いきなり、はっ、としたみたいに目《め》をあげた。

「ねえ、クック。きたときが列車《れっしゃ》でなら、帰《かえ》りもそれに乗《の》せればいい」

「そのとおりだよ、ゴッゴ。わたしも今《いま》それを考《かんが》えていた。だけどね」

たとえ列車《れっしゃ》のどこかへもぐりこめたとしたって、無事《ぶじ》に、山《やま》まで帰《かえ》れるだろうか。

クックの心配《しんぱい》は、そのことだ。

おまけに、その列車《れっしゃ》が着《つ》いたという港町《みなとまち》の駅《えき》だってどこにあるのか、まったくわからない。

「ねえクック。いっしょに行《い》ってやろうよ。ぼくらも列車《れっしゃ》に乗《の》るんだ、みんなでぺぺだ。」

「そうしようよ、クック。おれね、すっかり乗《の》りもの好《ず》きになっちゃった。ほら、のら号《ごう》で空飛《そらと》んだだろ。だからもう飛行機《ひこうき》なんかいい。富士山丸《ふじさんまる》は船《ふね》。車《くるま》は井上《いのうえ》さんのワゴン。あれぼろっちいけど、ちゃんと走《はし》った。残《のこ》りはバスと自転車《じてんしゃ》くらいだろ。これで、列車乗《れっしゃの》ったら、完全《かんぜん》せい・・・はだ」

めさぶろだ。ふたりはなにもかも気《き》があう。

「人《ひと》のつくったものだけじゃないぜ、めさぶろ。おれっちさ、アフリカで、ダチョウに乗《の》った。サバンナ走《はし》った。ま、こんなことできたネコって、世界中《せかいじゅう》さがしたって、おれっちだけだよな」

そのとおりだな、というようにクックがひとつ、うなずいた。

それより、ヤマネコ兄妹《きょうだい》を、ここで、放《ほう》りだすみたいにして、だいじょうぶなんだろうか。

「ともかく、港町《みなとまち》の駅《えき》をさがさなくてはな」

「それ、わたしたちにまかせて。港《みなと》ならみんな海《うみ》にあるんだもの。この海岸《かいがん》に

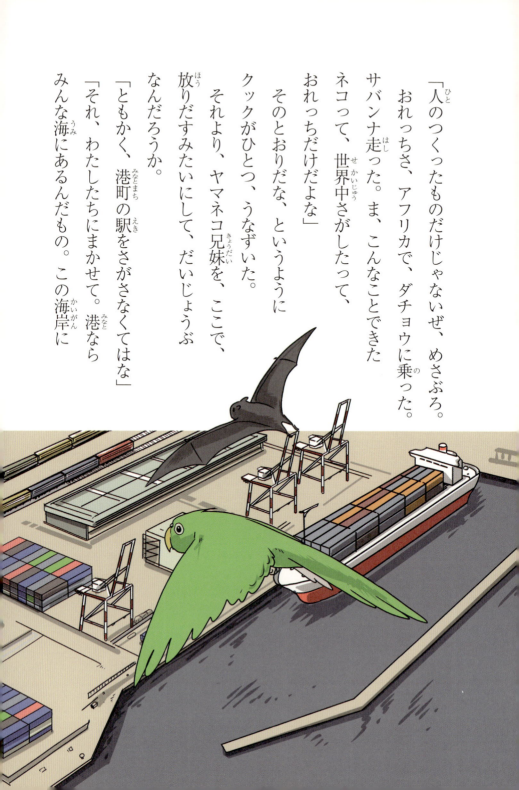

そって飛《と》んでけば、きっと見《み》つかるわ」

パパイヤの、ありがたいもうし出《で》だった。

「わたしも行《い》く。まかしといてっ」

ヒマワリもだ。

「それはありがたい。たのむ」

クックが返事《へんじ》したときには、もうふたりとも、羽《はね》を広《ひろ》げていた。

三時間《じかん》もたたないうちだった。いい知《し》らせはふたりの羽音《はおと》といっしょにやってきた。

「あった。見《み》つけたわっ」

「きっと、あの港《みなと》よ。駅《えき》もある。ながぁい貨物列車《かもつれっしゃ》もとまってました、クック機長《きちょう》！」

ふたりの、なんてうれしい知《し》らせだろう。

おまけに、その線路《せんろ》は、その駅《えき》から始《はじ》まっていて、北《きた》へ向《む》かう一本《ぽん》しかない。となるとそこが北《きた》への始発駅《しはつえき》か南《みなみ》の終着駅《しゅうちゃくえき》なのか、どっちにしたってまちがいなく、ガルガルたちは北《きた》へ行《ゆ》ける。だけど……。

予定《よてい》では、沖《おき》を行《ゆ》く富士山丸《ふじさんまる》に帰《かえ》ることになっている。もう時間《じかん》ぎりぎりだ。

さあ、どうするか!? クックはおでこにしわをよせ、スマホを取《と》りだし打《う》った。

館長《かんちょう》からのメールが、すぐにきた。

〈クックきちょうなら、そこで、みすてることはできまい。もう、はらは　きまっちょるじゃろ。じゃが、パトラとゴッゴは、しんこんりょこうのとちゅうじゃぞ。わかれてしまって　いいのか?〉

〈なやんでいます。ゴッゴだけ、ふじさんまるへおくりかえすことは　できますが〉

〈なんとな、パトラは、ゴッゴに、かえってくるなと。パトラのほうから　いくと。

ピラミッドけんぶつなどより、ゴッゴといたいらしいな。このラブラブどもめ。もちろん、わしもいく。むかえ、まっちょる〉

「決《き》まったなっ」

クックの顔《かお》が引《ひ》きしまった。

パトラちゃんたちをむかえに、のら三号《ごう》が飛《と》びたった。

富士山丸《ふじさんまる》には、みみいちろだけが残《のこ》った。クフ王《おう》なんてすごい名前《なまえ》をもらったくせに、ずっとおくびょうなままだ、砂漠《さばく》のキツネは。特《とく》に、はなじろが苦手《にがて》だったみたいだ。かばってくれるのは、いつもみみいちろだった。

みみいちろは、そんなわけで、半分《はんぶん》しかたなく引《ひ》きうけたみたいだ。クフ王《おう》を無事《ぶじ》ピラミッドまで送《おく》りとどける役《やく》を。

のら三号《ごう》には、はなじろも乗《の》った。同《おな》じ送《おく》りとどける役《やく》なら、ヤマネコ兄妹《きょうだい》のほうが、よっぽど送《おく》りがいがあるってもんだって。それに弟《おとうと》のめさぶろが心配《しんぱい》だって言《い》って。

のら三号《ごう》は、いい風《かぜ》に乗《の》って飛《と》んだ。その風《かぜ》が、富士山丸《ふじさんまる》の汽笛《きてき》を運《はこ》んでくれた。

——おうい、帰《かえ》り、またここで会《あ》おう。約《やく》三週間《しゅうかん》あと、約束《やくそく》だぞう。

汽笛《きてき》は、きっと、そう言《い》ってるんだ。

そう、それは、絶対《ぜったい》に守《まも》らなくちゃならない約束《やくそく》だ。のら三号《ごう》には、全員乗《ぜんいんの》れない。いっしょに日本《にほん》まで帰《かえ》れなくなる。

森《もり》の木《き》の上《うえ》で、ヤマネコ兄妹《きょうだい》は、首《くび》を長《なが》くして待《ま》っていた。

さあ、港町《みなとまち》の駅《えき》へ出発《しゅっぱつ》だ。だけど、そこまで一度《ど》には行《い》けない。半分《はんぶん》が乗《の》って、まず飛《と》んだ。

遠《とお》くに、港《みなと》が見《み》えだした。そのはるか手前《てまえ》で森《もり》を二つに割《わ》って、けっこう広《ひろ》い川《かわ》が海《うみ》へつながっている。その真《ま》ん中《なか》に中洲《なかす》がひとつだけあった。

中洲《なかす》というのは、川《かわ》の中《なか》に、流《なが》れにけずられないで残《のこ》ったのか、流《なが》れてきた石《いし》や

砂《すな》で、いつの間《ま》にか高《たか》くもりあがったかしてできる、そう、川《かわ》の中《なか》にある小《ちい》さな島《しま》みたいなものだ。そこには木《き》がしげって、小《ちい》さな林《はやし》になっていた。

「あそこへおりよう。目印《めじるし》にいい」

一便目《びんめ》、館長《かんちょう》とガルガル兄妹《きょうだい》が、そこにおろされた。二便目《びんめ》、待《ま》っていたクルーたちがやってきて、中洲《なかす》の林《はやし》に全員《ぜんいん》がそろった。

「ここは、おかしな川《かわ》じゃぞ、クック機長《きちょう》。さっきは水《みず》なし川《がわ》じゃったが、機長《きちょう》たちがいない間《あいだ》、中洲《なかす》が浮《う》き島《しま》みたいになった。海《うみ》から潮《しお》がおしよせるんじゃ。きっと一日《にち》に二度《ど》、海《うみ》がやってきて島《しま》になって、歩《ある》いてわたれる水《みず》なし川《がわ》にもどってを、くり返《かえ》す。海《うみ》の満潮《まんちょう》と干潮《かんちょう》じゃな、海《うみ》が近《ちか》くつながっとるからじゃな」

「ここはいい。まるでお堀《ほり》にかこまれた城《しろ》みたいですね。川《かわ》が枯《か》れている間《あいだ》にわたしたちもわたりましょう。ここからは海岸《かいがん》にそって歩《ある》いて、そう遠《とお》くはないそうです、港町《みなとまち》まで」

それを教《おし》えてくれたのは、もちろん、ここまで案内《あんない》してくれたヒマワリとパパイヤだった。

クックが、スマホを取《と》りだした。

〈みな、そろいました。このさきは、どうやら、
れっしゃの　たびに　なりそうです。
　のろせんちょうへ　クック〉

〈みな　げんき。ヤマネコのやままで
こんどは　れっしゃのたび。
のらごうは　きのうえで　ひとやすみです。
　いのしたさんへ　クック〉

いのした？　クックらしくもなく、まちがえた。

ふり返《かえ》ると、のら号《ごう》が、林《はやし》の上《うえ》で見送《みおく》ってくれてた。だけど、これが、最後《さいご》に見《み》たのら三号《ごう》のすがたになるなんて。

7　空手《からて》マン、めさぶろ

なんて長《なが》い貨物列車《かもつれっしゃ》だろう。

みんな、あっけにとられてその長《なが》い列車《れっしゃ》を見《み》あげた。

「なんとな、日本《にほん》からきた自動車《じどうしゃ》だ。ほれ、あのワゴン車《しゃ》、日本《にほん》の文字《もじ》がかいてある」

みんなわかった。貨物列車《かもつれっしゃ》は、港《みなと》から中古車《ちゅうこしゃ》を運《はこ》ぶんだ。それも日本《にほん》から輸入《ゆにゅう》したのを。

日本《にほん》の車《くるま》は性能《せいのう》ばつぐんで、中古車《ちゅうこしゃ》でも、評判《ひょうばん》がいい。

ほんとについてる。これなら貨物列車《かもつれっしゃ》にとびのったら、好《す》きな車《くるま》の下《した》にもぐりこめるじゃないか。

貨物列車《かもつれっしゃ》が、ガタンとひとゆれして走《はし》りだしたのは、東《ひがし》の空《そら》がほんのり明《あ》けはじめたころだった。

インドって暑《あつ》い。走《はし》る列車《れっしゃ》だから風《かぜ》がすずしいけど、なにもかもぐったりしてるみたいな景色《けしき》の中《なか》を、列車《れっしゃ》は北《きた》へ向《む》かった。

林《はやし》が続《つづ》く。小《ちい》さな村《むら》があらわれて、畑《はたけ》が広《ひろ》がる。果物《くだもの》もなってる。あれが、パパイヤなんだろうか。実《み》は緑色《みどりいろ》で、でっかいタマゴみたいだ。

バナナの林《はやし》は、黄色《きいろ》くなりかけたバナナを見《み》せびらかして、すぎさっていく。もっとも、くれるって言《い》ったって、ネコの口《くち》にはあわない。ことわざで、ネコにバナナっていうくらいだ。ん!?

川《かわ》にさしかかると、たいがい、人《ひと》がいた。ほとんどが女《おんな》の人《ひと》で、あれはきっと洗濯《せんたく》してるんだ。みんなの着《き》てるのはサリーっていう、体《からだ》に巻《ま》きつける着物《きもの》だ。赤《あか》や黄色《きいろ》、青《あお》や紫《むらさき》のがらで、とても楽《たの》しい。

頭《あたま》に乗《の》せて、運《はこ》んでいくのは水《みず》ガメだろう。上手《じょうず》にバランスを取《と》って、土手《どて》を登《のぼ》っていく。はだかの子《こ》どもたちが、いっしょにくっついてく。

牛《うし》がいて、鳥《とり》も飛《と》んでて、なにもかも楽《たの》しいんだ。

パトラちゃんとゴッゴは、いつもくっつきあって、流《なが》れていくインドの田園風景《でんえんふうけい》をながめていた。富士山丸《ふじさんまる》にいようと、のら号《ごう》にいようと、列車《れっしゃ》のただ乗《の》りしてようと、新婚旅行《しんこんりょこう》には、かわりないみたいだ。

暑《あつ》いから、のどがかわく。お昼前《ひるまえ》、今《いま》まで通《とお》りすぎるだけだったいくつかの駅《えき》とちがって、少《すこ》し大《おお》きい駅《えき》で列車《れっしゃ》がとまった。

クックが考《かんが》えていたとおりのチャンスだ。小《ちい》さな水《みず》たまりがあれば十分《じゅうぶん》だ。線路近《せんろちか》くまで、草《くさ》むらがある。バッタを見《み》つけたのはパトラちゃんだった。その草《くさ》むらにとびこむと、わっと、バッタがとびだした。ごちそうだ。

大《おお》きい。日本《にほん》のトノサマバッタより、よっぽど大《おお》きい。みんな、夢中《むちゅう》になって追《お》いかけて、食《た》べた食《た》べた。なんとぺぺは、野《の》ネズミまでつかまえた。

ニボシとカリカリは、ポケットにつめこんできてる。だけど、この旅《たび》の先《さき》のことは、まったくわからない。途中《とちゅう》でとれるものなら、なんだってありがたいんだ。

「列車《れっしゃ》が動《うご》きだすぞ、もどろう！」

また貨車《かしゃ》にとびのって北《きた》へ向《む》かう。鉄橋《てっきょう》をいくつかわたって、また駅《えき》へとまった。

線路《せんろ》は、単線《たんせん》だ。上《のぼ》りも下《くだ》りも、同《おな》じレールを走《はし》るんだ。だから駅《えき》で待《ま》って、上《のぼ》り列車《れっしゃ》、下《くだ》り列車《れっしゃ》がゆずりあわなくちゃならない。車《くるま》の片側一方通行《かたがわいっぽうつうこう》とおんなじだ。

二つ目《め》にとまった駅《えき》で、またみんなおりた。列車《れっしゃ》がすぐ動《うご》きださないなら、少《すこ》し街《まち》をのぞいてみようか。

ガルガルとベルベルは、おりなかった。やっぱり、人間《にんげん》も街《まち》も、なにか、危険《きけん》を感《かん》じてるみたいだった。まだ子《こ》ネコの仲間《なかま》だといったって、野生《やせい》の本能《ほんのう》というのだろうか。それはあたっていて、クックたちのは、まさしく油断《ゆだん》だった。

神《かみ》さまの使《つか》いの牛《うし》が、のんびり道草《みちくさ》を食《た》べている。あちこちに人《ひと》も歩《ある》いている。

はなじろの足《あし》がとまった。鼻《はな》が、ぴくぴくと動《うご》いた。なにかを、かぎつけたみたいだ。

「もどろう、クック！」

低《ひく》い声《こえ》が、みんなにとどいた。

ゴミの山《やま》がなんて多《おお》いんだろう。その山《やま》で、ちらりとなにかが動《うご》いた。先《さき》のとんがったなにかが、ぐるりと一周近《しゅうちか》くまわって、こっちを向《む》いた。犬《いぬ》の耳《みみ》だ。

灰色《はいいろ》の顔《かお》があらわれた。全身《ぜんしん》がゴミの山《やま》の上《うえ》にのそりと立《た》った。

ん!?　というざんにんそうな目《め》が、みんなを見《み》わたした。なんと、かすかにだけど、しっぽまでふった。いったいなにがうれしいんだ。

「いかん。もどるぞ、クック」

「みんな、走《はし》るんだ！」

みんないっせいにそうしかけたときだった。

ゴミの山《やま》の犬《いぬ》が、うおぉんんと長《なが》くほえた。

あきらかに仲間《なかま》を呼《よ》んだんだ。

おそろしいほえ声《ごえ》が、あちこちからわいた。ゴミの山《やま》からとびだしてくるのは、やせこけた犬《いぬ》たちばかりだ。

やせてはいても、どいつもこいつも体《からだ》がでっかい。肩《かた》はばが広《ひろ》くて足《あし》が長《なが》い。全力《ぜんりょく》でかけたら、どんなに速《はや》いだろう。それが、群《む》れになった。逃《に》げるみんなとの間《あいだ》は、見《み》る間《ま》にちぢまっていた。

パトラちゃんには、ゴッゴがぴたりとならんでいた。館長《かんちょう》をはさんで、クックとゴッゴだ。はなじろが、おくれだした。まだ治《なお》りきらない左足《ひだりあし》のせいだ。ならんで走《はし》るはなじろとぺぺのすぐ後《うし》ろに、とうとう、一頭《とう》が追《お》いついた。

次々《つぎつぎ》に貨車《かしゃ》へとびこみながら、みんな見《み》た。はなじろのすぐ後《うし》ろで、牙《きば》が光《ひか》った。だけど、はなじろは、かみくだかれていなかった。かわりにみんながきいたのは、キャインという犬《いぬ》の悲鳴《ひめい》だった。

めさぶろが、犬《いぬ》の背中《せなか》をとびこえて、すとんと、その後《うし》ろに立《た》っていた。犬《いぬ》が、

鼻面《はなづら》をかかえるみたいにして、ころげまわっていた。

「急《いそ》げっ、はなじろ！」

クックが貨車《かしゃ》から身《み》をのりだして、前足《まえあし》を思《おも》いきりのばしていた。

ばかなのは、ぺぺだった。めさぶろとならんで、もうひととびで貨車《かしゃ》にとびこめるところにいるのに、なんと引《ひ》き返《かえ》したんだ。それから、あのタクちゃんじこみの空手《からて》の形《かたち》をつくった。はっふなんてやってみせて、なんとアカンベーまでしたんだ。

いくつもの牙《きば》がせまって、ようやく貨車《かしゃ》にとびこんだ。

犬《いぬ》たちは、動《うご》きだした列車《れっしゃ》を、ずっと追《お》いつづけた。駅《えき》のはずれに大《おお》きな川《かわ》があらわれて、その鉄橋《てっきょう》が始《はじ》まるところまで。そこでようやくあきらめたようだ。ほえ声《ごえ》だけが、まだのらネコたちを追《お》いかけて、やがて消《き》えた。

「危《あぶ》なかったのぉ、はなじろよ。

おまえさんのおかげで、みな助《たす》かった。じゃが、どうして？　なにを感《かん》じたんじゃ？」

館長《かんちょう》が荒《あら》い息《いき》のままきいた。

「おれのじまんは鼻《はな》だけです、館長《かんちょう》。

それと、おれ、へんに思《おも》ってたんだよ。ここへきてから、おれたちネコをひとりも見《み》てない。列車《れっしゃ》でこんなに走《はし》ってるのに。駅《えき》へとまって、街《まち》だってちらりとのぞいてるのに。

やせてる犬《いぬ》は、いくひきか見《み》た。もちろんのら犬《いぬ》だろう。いつも腹《はら》ペコで。もしかしたら、おれたちネコがいないわけは……」

「なるほど、言《い》われてみれば！

だれか、わしたちネコを見《み》かけたか？」

館長《かんちょう》が、みんなを見《み》わたした。だれも見《み》たとは言《い》わなかった。

「みごとだね、はなじろ」

クックがうなった。それからきいた。

「しかし、どうして逃《に》げるほうを選《えら》んだんだい？　めさぶろは戦《たたか》ったのに。しかも勝《か》った」

「かなうわけないです、クック機長《きちょう》」

「どうしてそう思《おも》うのかな。あの空手《からて》の技《わざ》、虎爪《こそう》をためそうとは思《おも》わなかったのかな？」

はなじろが、深《ふか》くうなずいた。

「飢《う》えてれば、腹《はら》ペコなら、腹《はら》ペコのほうが必死《ひっし》になります。だから勝《か》つ。それはおれたち三兄弟《きょうだい》が必死《ひっし》に生《い》きてきたから、わかる。館長《かんちょう》やクック機長《きちょう》に出会《であ》わなければ、おれたちも、あいつたちと同《おな》じように生《い》きてるよ。今《いま》でも」

「だって勝《か》てたぜ、はな兄《にい》。あいつら、見《み》かけほど強《つよ》くないんだぜ」

「そうだよ、おれもやればよかったよ。虎爪《こそう》の技《わざ》。今度《こんど》はいっしょにやろうぜ」

ぺぺがそう言《い》って身《み》をのりだしたときだった。いきなり、はなじろが、めさぶろのほっぺたにネコパンチしたのは。

「なんだよ、おれ助《たす》けたんだぞ、はな兄《にい》を！」

めさぶろが、口《くち》をとんがらせた。

「バカめっ。これは、たまたまだっ。ネコが、どでかいのら犬《いぬ》に勝《か》てるはずないっ。飼《か》われてる、あまったれの犬《いぬ》とはわけがちがうんだ。二度《ど》とやるな。タクちゃん言《い》ってただろう。最後《さいご》に勝《か》ったのは命《いのち》を守《まも》れたほうだって。そのこと忘《わす》れるな、絶対《ぜったい》にっ。

それにもうひとつ、タクちゃん言《い》ってましたよね、館長《かんちょう》」

「そうとも。〝なま兵法《びょうほう》はケガのもと〟」

「なんだい、それ。生《なま》ハムに、毛《け》が生《は》えたみたいなの？」

ほっぺたをさすりながらめさぶろがきいた。

「なまはんかな武芸《ぶげい》の技《わざ》は、ケガするもとじゃ。

しかもおまえは、その技《わざ》をためしたんではない。命《いのち》をためしたんじゃ。たったひとつの命《いのち》でな。

はなじろは、そう言《い》っとるんじゃよ」

そう言《い》いながら、館長《かんちょう》は急《きゅう》に顔色《かおいろ》をかえた。ジャケットのポケットをあわててさぐった。

「しもうた。落《お》としてしもうた、スマホがない」

走《はし》って逃《に》げるときか。一度《ど》、館長《かんちょう》はころんだ。それとも列車《れっしゃ》にとびのるときか。落《お》っこちかけて、半分宙返《はんぶんちゅうがえ》りして、ようやく貨車《かしゃ》にしがみついたあのときか。

「すまん、クック。のら号《ごう》においてくればよかった」

しょぼんとした館長《かんちょう》の肩《かた》に、クックが手《て》をおいた。

「だいじょうぶです。わたしのがひとつありますから」

それからも、次々《つぎつぎ》に駅《えき》を通《とお》りすぎて、鉄橋《てっきょう》をわたった。

駅《えき》が十五。川《かわ》が十二。そのたびにベルベルが数《かぞ》えて、二つの昼《ひる》と三つの夜《よる》がすぎた。

8

待《ま》っていたベンガル母《かあ》さん

ガルガルとベルベルが、かけていく。その足《あし》の速《はや》いことといったら！　さすがに、山《やま》へ帰《かえ》ったヤマネコ兄妹《きょうだい》だ。

みんな、どんどん引《ひ》きはなされていった。館長《かんちょう》とはなじろが、どうしてもおくれてしまう。先《さき》を行《い》くみんなはときどき足《あし》をとめて、待《ま》たなくちゃならなかった。

森《もり》の中《なか》を、森《もり》が切《き》れた野原《のはら》を、ごろごろした岩山《いわやま》を。そしてまた始《はじ》まる森《もり》を。

山《やま》は、だいぶ高《たか》くなったみたいだ。遠《とお》くに列車《れっしゃ》のいない、空《から》っぽの駅《えき》が見《み》えた。

夜明《よあ》け、あの駅《えき》に着《つ》いた。だけど列車《れっしゃ》はとまってくれなかった。貨車《かしゃ》から、みんなあわててとびおりたあの駅《えき》だ。線路《せんろ》が長《なが》く長《なが》く、午後《ごご》の日《ひ》をあびて光《ひか》っている。

大《おお》きな岩山《いわやま》があらわれた。
「カアチャァン！」
「カアチャァン！」
兄妹《きょうだい》がさけびながら、岩《いわ》をかけ登《のぼ》っていく。
その上《うえ》に、いきなりあらわれたのは、
まちがいなく、母《かあ》ちゃんのベンガルヤマネコだった。
兄妹《きょうだい》がとびついた。母《かあ》ちゃんが、
二ひきをだきしめた。泣《な》いてるのか
笑《わら》ってるのかわからない声《こえ》がまじりあってる。
母《かあ》ちゃんがようやく、岩《いわ》の真下《ました》に
ちょこんとならんでいるみんなに気《き》がついた。
三びきがおりてくる。半分《はんぶん》、まだ子《こ》ネコの
兄妹《きょうだい》だってみんなより大《おお》きいのに、

母《かあ》ちゃんヤマネコは、それよりまた、ひとまわりもふたまわりも大《おお》きい。でも、がらは、子《こ》どもらと見《み》わけがつかないほどそっくりだ。

「どうやら、お仲間《なかま》のようですね。

この子《こ》たちが言《い》うのに、日本《にほん》とかいう国《くに》の。

どれほどの遠《とお》くからでしょう。この子《こ》たちを助《たす》けていただいたうえに、ここまで。

もう、あきらめてたんですよ。ほかでもききました。子《こ》どもがさらわれた仲間《なかま》がいることを。帰《かえ》ってきた子《こ》は、ひとりもいません。

それなのに」

母《かあ》ちゃんヤマネコは、いきなり泣《な》いた。両《りょう》うでに、またふたりをかかえこんで。

いつまでもはなれようとしない親子《おやこ》を、西《にし》にかたむきかけた太陽《たいよう》が照《て》らしていた。

「帰《かえ》りましょう、館長《かんちょう》」

「おう、そうするとしよう」

母《かあ》ちゃんヤマネコは、帰《かえ》り道《みち》の案内役《あんないやく》をしてくれた。

この森《もり》には、このあたりをなわばりにしているトラがいると言《い》った。ベンガルトラだ。ふもとの小《ちい》さな村《むら》で、山羊《やぎ》がおそわれたり、人《ひと》や牛《うし》までえじきになったりしたことがあるっていう。

「この子《こ》たちは早《はや》く帰《かえ》りたくて、そんな危険《きけん》な森《もり》を。ごめんなさい」

少《すこ》し遠《とお》まわりになるけどと言《い》って、母《かあ》ちゃんヤマネコは岩《いわ》すそを先《さき》に立《た》って歩《ある》きだした。

ふもとに小《ちい》さな村《むら》があった。てっぺんに、とんがり帽子《ぼうし》みたいなかざりのあるお寺《てら》があった。その横《よこ》を、そっと通《とお》りぬけようとしたときだった。

あっ、と小《ちい》さくさけんでパトラちゃんがかたまった。なんとクジャクがいたんだ。クジャクは見《み》なれないネコのみんなにおどろいて、羽《はね》をいっぱいに広《ひろ》げた。青紫《あおむらさき》のビロード色《いろ》。金色《きんいろ》の中《なか》の黒《くろ》い目《め》ん玉《たま》もよう。これは、たくさんの目玉《めだま》で敵《てき》をおどろかすためだっていう。みんな、声《こえ》も出《で》なかった。

線路《せんろ》の見《み》える野原《のはら》まで見送《みおく》って、母《かあ》ちゃんヤマネコは、また頭《あたま》をさげた。

「なんの。おまえさんの喜《よろこ》びようが、なによりの礼《れい》じゃよ。クジャクにまで、会《あ》わせてもらえた。のう、みんな？」

みんな、笑《わら》いながらうなずいた。

ネコたちの別《わか》れのあいさつが、だれかれなく続《つづ》いた。肩《かた》に前足《まえあし》を乗《の》せあって、ぐりぐりぐりぐりぐり、ほっぺたをくっつけあうあいさつだ。

ここで別《わか》れて、もう二度《ど》と会《あ》うことはないだろう。

〈ヤマネコおやこ、さいかい。
みんな　また　きしゃで　かえります〉

クックがメールを打《う》った。もちろん、井上《いのうえ》さんと、のろ船長《せんちょう》あてにだ。

◇

帰《かえ》りも列車《れっしゃ》だ。もちろん、ただ乗《の》りだけど。

それが、なかなかこない。ようやくきたひとつは、客車《きゃくしゃ》だった。人《ひと》があふれるくらい乗《の》っていて、あれではむりだ。

だけど、駅《えき》にうろうろしてるのは、危険《きけん》すぎる。街《まち》ならきっと、人《ひと》のすてる残飯《ざんぱん》目当《めあ》てののら犬《いぬ》がいる。クックの考《かんが》えで、うんと街《まち》をはなれて、きたとき最後《さいご》にわたった、十八個《こ》めの川《かわ》の鉄橋《てっきょう》の下《した》で、かくれて待《ま》つことにした。

なあに、時間《じかん》はたっぷりある。日本《にほん》へ帰《かえ》る富士山丸《ふじさんまる》との約束《やくそく》の二十日《はつか》を、まだ五日《か》しか使《つか》っていないんだ。

ポケットのカリカリは、もうあんまり残《のこ》っていなかった。だけど、川《かわ》の岸《きし》には草《くさ》がおいしげっていて、バッタがいる。野《の》ネズミもいた。川《かわ》へおりれば、小《ちい》さなハゼだってとれた。とびのれそうな列車《れっしゃ》がくるまで、ここで待《ま》てばいいんだ。

駅《えき》にとまって走《はし》りだしたばかりの列車《れっしゃ》は、ガッタン、ゴットン鉄橋《てっきょう》を鳴《な》らしてやってくるけど、まだゆっくりだ。それならここでとびのれるはずだ。ところがだ。

「だめだ。鉄《てつ》の箱《はこ》の貨物列車《かもつれっしゃ》だ」

「今度《こんど》は、また客車《きゃくしゃ》だ」

みんな、いく度《ど》がっかりさせられたことだろう。なんとここで、三日《か》も使《つか》ってしまったんだ。そして、四日目《かめ》。とうとう、待《ま》っていた列車《れっしゃ》がやってきた。長《なが》いながぁい列車《れっしゃ》が目《め》の前《まえ》を、ゆっくりと通《とお》りすぎていく。貨車《かしゃ》いっぱいに材木《ざいもく》を積《つ》んでるんだ。丸太《まるた》のままの材木《ざいもく》を。

「走《はし》れ！」

クックが号令《ごうれい》した。

材木《ざいもく》を積《つ》んで列車《れっしゃ》は、南《みなみ》へ南《みなみ》へ、走《はし》りつづけた。

列車《れっしゃ》が駅《えき》でとまってくれている間《あいだ》は、材木《ざいもく》からとびおりて、線路《せんろ》わきのバッタやトカゲや野《の》ネズミをさがす。水《みず》たまりを見《み》つけて、のどをうるおす。ところが、その水《みず》は、もうさがさなくてもよくなった。一日中《にちじゅう》、雨《あめ》がふりつづいたんだ。それも横《よこ》なぐりの雨《あめ》が。

強《つよ》すぎる風《かぜ》に、列車《れっしゃ》はとうとう負《ま》けた。真横《まよこ》からの風《かぜ》をくらうと、あの重《おも》たい、材木《ざいもく》いっぱいの貨車《かしゃ》が、ぐらりとかたむきそうになるほどの風《かぜ》だもの、むりもない。

そう、台風《たいふう》だった。インド洋《よう》の台風《たいふう》は〝サイクロン〟って呼《よ》ばれている。

だれもが心配《しんぱい》だった。このサイクロンは、のら三号《ごう》もおそっていないだろうか。日本《にほん》の台風《たいふう》と同《おな》じなら、それは海《うみ》からやってくる。のら号《ごう》は、このサイクロンをさけてとまっている列車《れっしゃ》の駅《えき》より、はるか南《みなみ》の海近《うみちか》くにいる。

朝《あさ》、うそのように空《そら》は晴《は》れわたった。さあまた列車《れっしゃ》は動《うご》きだす。

みんな覚《おぼ》えていることがある。その日《ひ》、いくつ目《め》かの駅《えき》はあの、のら犬《いぬ》たちにおそわれた駅《えき》だ。

「身《み》をかくせ」

クックが命《めい》じて、みんな材木《ざいもく》のかげにかくれた。幸《さいわ》い行《い》きとちがって、今度《こんど》は列《れっ》

車《しゃ》が駅《えき》にとまらなかったのが、ありがたかった。

だけど、めさぶろだけは見《み》たような気《き》がした。街《まち》はずれの大《おお》きなゴミの山《やま》は、前《まえ》より高《たか》くなっていた。

そこに見《み》まちがいなんかじゃなかった。めさぶろは見《み》た。そのゴミ山《やま》のかげから、列車《れっしゃ》を見送《みおく》ってとびだした犬《いぬ》がいた。いちもくさんにかけて、街角《まちかど》に消《き》えたのをだ。めさぶろはまよった。どうしてだろう、このことはだれにも言《い》えないような気《き》がしていた。

サイクロンのあとは、もうれつな暑《あつ》さがきた。列車《れっしゃ》は風《かぜ》を切《き》って走《はし》ってくれても、前《まえ》からくるのは熱風《ねっぷう》だ。寒《さむ》いより暑《あつ》いほうが好《す》きなのがネコだといったって、これではたまらない。

それでも夕方《ゆうがた》、列車《れっしゃ》はついに、港町《みなとまち》の終着駅《しゅうちゃくえき》へ、すべりこんでいた。

9 最後《さいご》のメール

「なんということじゃ……」

館長《かんちょう》がうなった。みんな声《こえ》も出《で》なかった。

中洲《なかす》の林《はやし》の上《うえ》に、のら号《ごう》がないんだ。風船《ふうせん》がたった五つ、それも力《ちから》なくしぼみかけて、ふらふらと風《かぜ》にゆれているだけだった。

川《かわ》は、にごり水《みず》が池《いけ》みたいにたまって、川上《かわかみ》へも川下《かわしも》へも動《うご》いていなかった。三日前《かまえ》のサイクロンの大雨《おおあめ》が山《やま》から流《なが》れこみつづけているのか。

ばたばたと、羽音《はおと》がした。がっくりしてるみんなの頭上《ずじょう》の木《き》の枝《えだ》にまいおりたのは、あのインコの、ヒマワリだった。

「ごめんなさい。サイクロンがふきあれて、
わたしにもパパイヤにも、どうすることも
できなくて」
あやまることなんか、なんにもないのに。
だけど、これでは、日本《にほん》どころか、
富士山丸《ふじさんまる》へだって飛《と》んでいけなくなった。
「パパイヤは、今日《きょう》もどこかを飛《と》んでる
はずです。仲間《なかま》たちにも呼《よ》びかけて。
翼《つばさ》の切《き》れはしだっていい。すぼみかけた
風船《ふうせん》ひとつだっていい。役《やく》に立《た》ちそうなものを
さがしてみようって。
わたし待《ま》ってた。みんなが帰《かえ》ってくるのを。
だけどつらかった。こんなになったのら号《ごう》の

こと報告《ほうこく》するために待《ま》ってるなんて」

ヒマワリが、もともと深《ふか》いしわのあるオウムの目《め》じりを、しょぼしょぼさせた。

あの五つの風船《ふうせん》の下《した》は、どうなっているんだろうか。残《のこ》していった食料《しょくりょう》は？　予《よ》備《び》の風船《ふうせん》や、それをふくらませるガスボンベは？

川《かわ》をわたりたい。せめて、なにが残《のこ》っているのか確《たし》かめたい。だけどだめだ。にごり水《みず》は引《ひ》いてくれるどころか、また満潮《まんちょう》の海《うみ》におしもどされていく。上流《じょうりゅう》に向《む》かって速《はや》い流《なが》れだ。

二晩《ばん》、川岸《かわぎし》の森《もり》にいなくちゃならなかった。

食《た》べものは、なんとかなった。死《し》んだ魚《さかな》がぷかぷか浮《う》きながら、海《うみ》のほうからやってくる。少《すこ》し体《からだ》がぬれるのを覚悟《かくご》すれば、くわえて岸《きし》にもどれた。

林《はやし》の中《なか》で虫《むし》もさがした。その虫《むし》さがしに行《い》っていたぺぺとめさぶろが、血相《けっそう》かえて帰《かえ》ってきた。

「のら犬《いぬ》がくる。いくひきもっ、館長《かんちょう》」

言《い》っためさぶろの顔《かお》がひきつっていた。やっぱりだったんだ。あとを追《お》われたんだ。

「みんな、泳《およ》げたな。川《かわ》をわたるぞ。わたしに続《つづ》けっ」

クックは、言《い》いおわらないうちに、もうとびこんでいた。

めざすのは中洲《なかす》だ。水《みず》にとびこめば、あとをつけられてた、においは消《け》せる。あの、人《ひと》の千倍《ばい》もすごいっていわれてる犬《いぬ》の鼻《はな》から逃《に》げるには、この方法《ほうほう》しかない。のら号《ごう》の木《き》の、すぐ下《した》まで水《みず》はきていた。その根元《ねもと》に、みんなかたまりあって、息《いき》までころした。

つぶれかけて、形《かたち》がゆがんだ、かごキャビンが二つだけ、もうしわけなさそうに残《のこ》っていた。だけど、中《なか》をのぞくことだって、今《いま》はできない。

川岸《かわぎし》に、初《はじ》めの一頭《とう》があらわれた。岸《きし》のあちこちを、ふんふんとかぎまわっている。またあらわれた。ふえる、ふえる、とうとう十七頭《とう》になった。

群《む》れの中《なか》に、ひときわ大《おお》きなやつが一頭《とう》いる。あごががっしりしていて、形《かたち》のいい、ぴぃんと立《た》った耳《みみ》だ。だけど、その左耳《ひだりみみ》は半分《はんぶん》しかない。きっと仲間《なかま》か、ほかの群《む》れと戦《たたか》ってなくしたんだ。その片耳《かたみみ》の半分《はんぶん》と引《ひ》きかえにつかんだ、ボスの地位《ちい》にちがいない。

そのボス犬《いぬ》が、中洲《なかす》を見《み》た。その目《め》が、動《うご》かなくなった。なんと、じっと見《み》つめているのは、五つの、宙《ちゅう》にゆれる風船《ふうせん》だった。

口《くち》が動《うご》いて、なにか言《い》った。かぎまわっていた子分《こぶん》ののら犬《いぬ》たちが集《あつ》まって、いっせいに、風船《ふうせん》を見《み》た。

なんてことだ。役立《やくた》たずになったばかりじゃない。風船《ふうせん》は、せっかく消《け》した足《あし》あとのにおいと、かくれた中洲《なかす》を教《おし》えてしまったんだ。

しかも、サイクロンであれた海《うみ》が、元《もと》どおりになりだした。川《かわ》が浅《あさ》くなっていく。川床《かわどこ》が、見《み》えがくれしだした。

犬《いぬ》は泳《およ》げる。ネコなんかより、よっぽど上手《じょうず》だ。動物《どうぶつ》の泳《およ》ぎ方《かた》は、みんな同《おな》じなのに、その泳《およ》ぎ方《かた》を代表《だいひょう》して、犬《いぬ》がもらった。そう、犬《いぬ》かきってのだ。

だけど、耳《みみ》かけのボス犬《いぬ》は、あわてなかった。泳《およ》いで中洲《なかす》まで行《い》けって、命《めい》じな

かった。

なあに、あわてることなんかひとつもない。中洲《なかす》にかくれたつもりかい？　だけど、その空《そら》に浮《う》かんでるわけのわからない、あれが教《おし》えてくれてるんだ。おまえたちの味方《みかた》のはずが、うらぎってくれてな。

むかし、まだ、おれが下《した》っぱの若《わか》ぞうだったころ、街《まち》へまよいこんできたネコってやつを一度《ど》だけ見《み》た。そいつが、群《む》れが見《み》た、最後《さいご》の一ぴきになってな。

だけど、そいつは、おまえたちみたいな、おかしなものを着《き》ちゃいなかった。どうやらおまえさんたちは、特別《とくべつ》なやつらしいな。

もしかしたら、空《そら》からやってきたのかい？　その、ふらふら浮《う》かんでるおかしなものを使《つか》って？

で、どこからだ？　どう見《み》たって、おれたちの国《くに》のネコとはちがうな。だけど、ちがうのはそれだけだ。腹《はら》ペコのおれたちにとっては、みんなおんなじネコなのさ。

おまけにな、仲間《なかま》の若《わか》いのが、特《とく》にまた会《あ》いたがっていてな、おまえさんらの中《なか》の一ぴきに。若《わか》いくせに、なかなかの技《わざ》をもっているようだ。

きっと帰《かえ》りも汽車《きしゃ》でくる。復讐《ふくしゅう》したいなら見張《みは》れ。そう命《めい》じたのは、このおれなんだ。

館長《かんちょう》には、ボス犬《いぬ》のそんなつぶやきが、きこえるようだった。きっと、それはあたっている。

きゃつは強《つよ》いだけではない。きっと知恵者《ちえしゃ》にちがいない。だから、あれほどの群《む》れをひきいるボスでいられるにちがいない。

きっと、わしたちのにおいをかぎつけても、ほえさせなかった。追跡《ついせき》をさとられるからだ。

「くる。もうかくれてたってむだだ。みな、木《き》にかけあがれ。できるだけ高《たか》くにだっ」

クックはやっぱりクックだ。きっとボス犬《いぬ》のつぶやきを、感《かん》じたにちがいない。館長《かんちょう》と同《おな》じに。きっと、ボス犬《いぬ》はこう言《い》ったんだ。

追《お》いつめて、木《き》の上《うえ》にくぎづけにしろ。今《いま》まで、ほえたくてほえたくてがまんしてたのを、もう、好《す》きなだけほえていい。この大合唱《だいがっしょう》で、なまいきなネコどもをふるえあがらせてやれ。

犬《いぬ》たちは、ほえた。ほえながら、足元《あしもと》の水《みず》をしぶきにしながらかけてくる。みんなのかけあがった木《き》のまわりは、すっかりとりかこまれてしまった。

思《おも》いきりジャンプするやつがいる。それも、明《あき》らかにめさぶろをねらってだ。その鼻《はな》から目《め》じりにかけて、細《ほそ》い線《せん》が、傷《きず》あとになって二本残《ほんのこ》っていた。

ジャンプとほえる声《こえ》は、また海《うみ》が帰《かえ》ってきかかるまで続《つづ》いた。幸《さいわ》い、犬《いぬ》は木《き》に登《のぼ》れない。それでも下枝《したえだ》に、ぎりぎり前足《まえあし》がとどいていた。

ボス犬《いぬ》が命《めい》じたみたいだ。犬《いぬ》たちは、いっせいに川《かわ》をわたった。だけど、その群《む》れは、なんと、二手《て》に分《わ》かれたんだ。そう両岸《りょうぎし》へ。

「きゃつめ」

館長《かんちょう》がうなった。もう中洲《なかす》のみんなは、ふくろのネズミだ。すきを見《み》て、向《む》こう岸《ぎし》へ走《はし》って逃《に》げることだってできなくなった。もっとも、そうしたとしたって、あ

ののら犬《いぬ》たちの長《なが》い足《あし》にかなうはずない。

のら犬《いぬ》たちは、川床《かわどこ》があらわれるのを待《ま》ってかならずやってきた。ずっと、風船《ふうせん》の木《き》の下《した》でほえつづけることはできるけど、食《く》いものがない。中洲《なかす》が浮《う》き島《しま》になっている間《あいだ》は、両岸《りょうぎし》でエサさがしだ。

木《き》の枝《えだ》にひっかかって、二つだけ残《のこ》されていた、のら三号《ごう》のかごキャビン。もちろん、ぼろぼろだ。だけど、その底《そこ》にニボシとカリカリが少《すこ》しあった。ビニールぶくろで、しっかりと雨《あめ》から守《まも》られて。だけど、どんなにがまんしあっても、二日《か》はもたないだろう。

今度《こんど》の旅《たび》ののら三号《ごう》は、そんなに飛《と》ばなくていい。富士山丸《ふじさんまる》とそう遠《とお》くならない陸《りく》を、二度《ど》ずつ往復《おうふく》すればいいはずだった。だから食料《しょくりょう》も、そんなに持《も》ってはこなかった。

ヒマワリが飛《と》びまわってくれていた。自分《じぶん》では食《た》べない、チョウチョやバッタまでくわえて、川《かわ》の上《うえ》を行《い》ったりきたりしてくれていた。だけど、ほかにはなんにもできることがないのが、もどかしそうだった。

「今日《きょう》は、いく日目《にちめ》かな？　クック機長《きちょう》」

館長《かんちょう》にきかれて、クックが答《こた》えた。

「富士山丸《ふじさんまる》との約束《やくそく》の日《ひ》は、あさってです」

そう、富士山丸《ふじさんまる》はきっと、約束《やくそく》どおりインドのいちばん南《みなみ》へつきでた岬《みさき》の沖《おき》を通《とお》ってくれるはずだ。きっと速度《そくど》を落《お》として、のら三号《ごう》をむかえてくれるにちがいなかった。それが……。

のら号《ごう》がこないとしても、のろ船長《せんちょう》はそんなに待《ま》つわけにはいかないはずだ。ネコのことなんかで船《ふね》をおくらせて、会社《かいしゃ》に損害《そんがい》をあたえるなんて、船長《せんちょう》といえどもやってはいけない。

「ねえクック、戦《たたか》おうよ。あいつら、見《み》かけほど強《つよ》くないんだ」

めさぶろが言《い》った。いつもみたいに、声《こえ》に力《ちから》がなかった。

「そうしようよ、クック。ぼくも戦《たたか》うよ。だって、このままじゃぁ、どうせ、いつか」

ペペの声《こえ》にも力《ちから》がなかった。

それもむりない。だって、けさ一ぴきずつニボシを分《わ》けあって食《た》べただけだ。みんな知《し》っている。残《のこ》りのカリカリは、あと十つぶずつくらい。それで最後《さいご》だ。

「いかん。ゆるさん。忘《わす》れたか、おまえたちの技《わざ》など、まさに生兵法《なまびょうほう》じゃということをっ」

館長《かんちょう》がしかった。そのときだ、いきなりクックのスマホが鳴《な》ったのは。

〈よていより、いちにちはやくつく。
やくそくの　みさきのおきで　まつ。
　ふじさんまる　キャプテンのろ〉

クックは返事《へんじ》を打《う》とうとしなかった。このときを待《ま》ってたみたいに、きりりと顔《かお》をあげた。

「ヒマワリくん、いるか？
たのみがある。できるだけおおぜい、仲間《なかま》を集《あつ》めてくれないか。多《おお》いほどいいっ」
ヒマワリが潮《しお》の満《み》ちている川《かわ》を飛《と》びこえて山《やま》へ消《き》えるのを見送《みおく》りながら、クック
はみんなに集《あつ》まれって呼《よ》んだ。
「キャビンをほぐす。たれさがってる、グライダーの糸《いと》を集《あつ》めてくれっ。
それから、棒《ぼう》になりそうな枝《えだ》をさがすんだ。なるべく長《なが》くて、じょうぶなやつを。
サイクロンが、たったひとつ、わびをしてる。ふき折《お》ってくれた枝《えだ》がいくらでもある」
クックは、かごキャビンの藤《ふじ》づるをほぐさせて、編《あ》みなおさせた。にぎにぎ手《て》ぶ
くろの大活躍《だいかつやく》だ。平《ひら》たい板《いた》みたいなのが一枚《まい》できた。ネコ一ぴきならちょうど乗《の》れ
そうだ。
緑色《みどりいろ》の翼《つばさ》が風《かぜ》といっしょにやってきた。ヒマワリが、仲間《なかま》たちを連《つ》れてきてくれ
たんだ。
「待《ま》ってたぞっ、ヒマワリくん」

クックが空《そら》を見《み》あげながらさけんでいた。

藤《ふじ》づる板《いた》の四すみに、グライダーの糸《いと》が結《むす》びつけられた。

もう一方の先《さき》っぽは、ひろいあつめられた棒《ぼう》だ。

グライダーの糸《いと》はじょうぶだ。いいや、こんなときには、じょうぶすぎてやっかいだ。だけど、ヒマワリたちのくちばしはすごかった。

にぎにぎ手《て》ぶくろで、糸《いと》をぴぃんとはる。オウムのくちばしは、ぷちんと音《おと》まできかせて切《き》る。まるですどいハサミだ。

ようやくみんなに、クックがなにをしようとしているのかがわかった。だけど、そこに乗《の》れるのは、ひとりきりだ。クックは、いったい、だれを選《えら》ぼうとしてるんだろう。

また、川《かわ》が干《ひ》あがっていく。のら犬《いぬ》たちが、両岸《りょうぎし》にせいぞろいした。

――さぁて、いよいよだな。まだ木《き》の上《うえ》にいられるのは、ほめてやろう。もう腹《はら》ペコの限界《げんかい》だろうに、よくぞ落《お》っこちないでいられたな。

逃《に》げようとしなかったのは、かしこい。それもほめてやろう。両岸《りょうぎし》どちらにも、待《ま》ってたからな。手《て》ぐすね引《ひ》いて、おれたちが。

まっ、どの道《みち》、同《おな》じことだ。飢《う》えて木《き》から落《お》っこちれば、もう、枝《えだ》へかけ登《のぼ》る力《ちから》もないだろうからな。

そんな声《こえ》がまたきこえる。クックにも館長《かんちょう》にも。

ヒマワリのほかの仲間《なかま》たちは、十二羽《わ》いた。それが四組《くみ》に分《わ》かれて、棒《ぼう》をしっかりとにぎった。もう、いつだって飛《と》びたてる。

だれだ？　クックはだれに乗《の》れって言《い》うんだろう。

館長《かんちょう》かもしれない。だって戦《たたか》うには、年《とし》をとりすぎている。そんな力《ちから》はもうないもの。

パトラか？　そうかもしれない。仲間《なかま》のうちで、ただひとり、ちょっと前《まえ》までは、おじょうちゃんネコだったし。

それとも、若《わか》いぺぺか、めさぶろか？

ゴッゴではないだろう。なぜってクックの息子《むすこ》みたいなものだ。クックは絶対《ぜったい》、自分《じぶん》をそうしない。ゴッゴだって最後《さいご》まで、クックとはなれるものか。

「さて」

クックが館長《かんちょう》に目《め》くばせしながらかすかに笑《わら》った。もう、秘密《ひみつ》の打《う》ちあわせは、すんでるみたいだ。

「うまくいけば、順番《じゅんばん》に富士山丸《ふじさんまる》へ帰《かえ》れる。

だけど、その、うまく飛《と》べるかどうかだって、まだわからない。オウムくんたちの翼《つばさ》を信《しん》じるほかないのだが、まずテストだ。だれにしようか……」

クックがゆっくりと仲間《なかま》たちを見《み》わたしてから、パトラに目《め》をとめた。

「パトラ、きみが、ためしてくれるかい？」

「はいっ。でも、ためすだけですからね!?」

パトラちゃんが、つるの板《いた》へとびのろうとしたときだった。いきなり横《よこ》から、おしのけたものがいた。

「選《えら》ばれるのは、おれだって思《おも》ってた。

なぜかって？　足《あし》が不自由《ふじゆう》だから、戦《たたか》えっこない。

まっ、戦《たたか》ったって勝《か》てる相手《あいて》じゃない。みんなも、やめとくんだな」

はなじろだった。

「飛《と》べっ」

はなじろは、いきなり、オウムたちに向《む》かって、さけんだ。

オウムたちは、なにがなんだか、わからなかった。だれかが乗《の》って飛《と》ぶことだけは、わかってる。じゃあ、これでいいのか？　いっせいに羽《は》ばたいた。浮《う》いたっ。はなじろは、ふわりと空《そら》に浮《う》いた。

オウムたちに向《む》かってなにか言《い》っているみたいだ。まるでトンビみたいに、中洲《なかす》の上空《じょうくう》を一度《ど》、せんかいした。

もちろん中洲《なかす》では、はなじろをなじる声《こえ》がうずまいてた。

ひきょうもの！　やっぱりおまえは、そんなやつだったのか！　はずかしいぞ、はな兄《にい》っ。

そんないかりの中《なか》へ、なんと、はなじろがもどってくる。

ぴょんと、みんなの真《ま》ん中《なか》へとびおりた。

「飛《と》べるよ、ゴッゴ。パトラはだいじょうぶだ」

「この、大《おお》うそつきの、悪《わる》のらめっ」

ゴッゴは、はなじろの胸《むね》にネコパンチしながら半分笑《はんぶんわら》って、半分泣《はんぶんな》いた。

クックがふたりを見《み》ながら、うなずいた。そして、館長《かんちょう》とゴッゴに目《め》くばせした。

ようやく、パトラちゃんは気《き》がついた。

「いやよ、いやっ。ゴッゴといる。みんなといる。ここにいるっ」

むりやりだった。力《ちから》づくだった。みんなしてだった。パトラちゃんは、つる板《いた》の上《うえ》にむりやり乗《の》せられた。ゴッゴが後《うし》ろ足《あし》を、そっと糸《いと》でしばりつけた。これで、すぐにはとびおりられないだろう。それから、全身《ぜんしん》の力《ちから》をこめてだきしめた。

「きっと、行《い》くよ。約束《やくそく》する。また、いっしょになれる。ぼくを信《しん》じろ」

「行《い》ってくれ、ヒマワリ」

クックが、ぴっと、左手《ひだりて》をあげた。三羽《わ》一組《くみ》、一本《ぽん》の棒《ぼう》をしっかりとにぎっている。上《うえ》に二組《くみ》、だいぶはなれて下《した》に二組《くみ》。力強《ちからづよ》い羽音《はおと》が、風《かぜ》を残《のこ》して飛《と》びたった。

ヒマワリは一羽《わ》、はるか上《うえ》だ。仲間《なかま》たちをみちびくように海《うみ》へ向《む》かって飛《と》んでいく。

のら犬《いぬ》たちがやってくる。のら号《ごう》のかけらでできた〝のら四号《ごう》〟を、なんだかくやしそうに見送《みおく》りながらだ。

「そうか、はなじろ。あれが飛《と》べるかどうか、じつは、わたしも確信《かくしん》が持《も》てなかった。いきなり、テストもせずにパトラを乗《の》せていいものか、まよいもあった。もし、パトラが落《お》ちでもしたら。だが、もう時間《じかん》がなくてね。ぶっつけ本番《ほんばん》のかくごだった。

一度《ど》は、きみをうたがった。すまない」

「わしとて同《おな》じじゃぞ、はなじろ。なにも、そこまで悪《わる》ぶらなくともよかったではないか」

「そうだよ。みみ兄《にい》に言《い》いつけてやるって決《き》めたんだぞ」

なんて、めさぶろが続《つづ》けた。

クックが、メールを打《う》った。もちろん富士山丸《ふじさんまる》の、のろ船長《せんちょう》あてにだ。

〈パトラひとり、さきにいかせます。

わたしたちは、あとから。どうしても

まにあわないときは、どうぞにほんへ。
そのときは、どうか、いのうえさんにも
しらせてください。
みなさんの　ぶじな　こうかいを。
　のろせんちょうへ　クック〉

　まるで、役目《やくめ》を終《お》わって、安心《あんしん》したみたいに、スマホの画面《がめん》が、すうっと消《き》えていった。

もう一回分《かいぶん》、もってくれ。クックのたのみに、がまんしてくれてたにちがいなかったスマホの電池《でんち》が切《き》れた。

　のら犬《いぬ》たちが、また木《き》の下《した》を、ぐるりと取《と》りかこんでいた。

10 対決《たいけつ》

太陽《たいよう》が、かっと照《て》りつけてくる。みんなもう、のどがからからだ。インドって国《くに》は暑《あつ》すぎる。もともとネコたちには、すみにくい国《くに》なのかもしれなかった。

初《はじ》めて、犬《いぬ》の話《はな》す声《こえ》をみんなきいた。片耳欠《かたみみか》けのあのボス犬《いぬ》が、みんなを見《み》あげている。

「おまえたちの負《ま》けだよ。あきらめろ。

と言《い》っても、おまえたちはそうしないだろうが。だから戦《たたか》わせてやろう。どうしても、そうしたがっているものが仲間《なかま》の中《なか》にひとりいてな。

覚《おぼ》えてる。そこの、おまえとだ」

ボス犬《いぬ》が、あごをしゃくって、めさぶろを見《み》あげた。

「じつはな、おまえさんたちのうわさは、会《あ》う前《まえ》からきいていた。おしゃべりのカササギからな。『羽《はね》もないのに空《そら》からきたやつがいる。へんてこな乗《の》り物《もの》に乗《の》って。乗《の》ってたのは、ネコ。まず見《み》かけない、めずらしいやつだ』ってね。

そのうわさ話《ばなし》だけで、おまえたちが、おれたちの知ってたネコとはだいぶちがうことはわかった。きっと海《うみ》をこえて、どこか、おれたちには名前《なまえ》さえ知《し》らない国《くに》からきたらしいこともわかった。

だがね、そんなことはどうだっていい。ききたくもないし、きいたところで、この掟《おきて》はかわりゃあしない。

掟《おきて》、わかるな？　弱《よわ》いものは強《つよ》いものに食《く》われる。それは神《かみ》か仏《ほとけ》か、いずれにしたってとめようがない。

いいや、もしかすると、初《はじ》めからそうしていいと決《き》めたのは、神《かみ》か仏《ほとけ》かもしれない。

だから、カンちがいするなよ。おれたちがおまえたちを追《お》ってきたのは、仲間《なかま》ひとりの仕返《しかえ》しのためじゃぁないってことをな。

だが、一度《ど》だけ、チャンスをやろうと、おれは決《き》めた。そこの若者《わかもの》と、一対《たい》一。もしおまえが勝《か》てたなら、おれたちは帰《かえ》る。だが、そうはなるまい。いかにするどくとも、細《ほそ》すぎる爪《つめ》だ。おれたちの牙《きば》を、まだ知《し》るまい。それを知《し》ったとき、おまえたちは、天国《てんごく》とやらへ旅立《たびだ》つってわけだ。

どうかな？　仲間《なかま》みんなの命《いのち》をかけて、戦《たたか》う勇気《ゆうき》はあるかな？」

鼻《はな》の爪《つめ》あとのおす犬《いぬ》が、赤《あか》い舌《した》を出《だ》して、口《くち》のはしっこをなめた。

「いいとも、受《う》けて立《た》つぞっ」

めさぶろが、細《ほそ》い枝《えだ》をゆらして立《た》ちあがった。とびおりそうに腰《こし》をかがめた。

「いかん。行《い》くでないっ」

館長《かんちょう》の声《こえ》がひびいた。その館長《かんちょう》が、クックをふり返《かえ》った。

「クック機長《きちょう》、みなを、たのむ」

みんな見《み》た。めさぶろに代《か》わってとびおりていたのは、館長《かんちょう》だった。

とつぜんのことで、おどろいたのは、のら犬《いぬ》たちのほうだった。わっと、後《うし》ろにとびさがったその輪《わ》の中《なか》で、館長《かんちょう》は一度《ど》、前《まえ》につんのめってころびかけた。それでも、ゆっくりと体《からだ》をおこして、犬《いぬ》たちと向《む》きあった。

「おまえさんの言《い》う、掟《おきて》。よう、わかっちょる。わしらも同《おな》じ、人《ひと》に飼《か》われているものでなければ、みなそうする。

初《はじ》めての国《くに》でな、ここ、おまえさんたちの国《くに》は。バッタを食《く》うた。野《の》ネズミも食《く》うた。死《し》んだ魚《さかな》もな。そう、みんな命《いのち》をもらってきた。じゃから、おまえさんの言《い》う掟《おきて》を知《し》らぬものは、わしらの中《なか》にも、ひとりもおらぬ」

「つべこべ言《い》わせるなよ、ボス。早《はや》いとこ食《く》っちまおうぜ。まず、こいつからよぉ」

群《む》れから頭《あたま》ひとつ、つきだしたのは、あの、鼻《はな》キズのオス犬《いぬ》だった。

「待《ま》てっ」

ボス犬《いぬ》がひとにらみした。頭《あたま》が引《ひ》っこんだ。

「まだ話《はなし》をきいてくれるか、おまえさんは」

ボス犬《いぬ》は返事《へんじ》をしなかった。しなかったけれど、おそいかかりもしなかった。

「わしらはな、掟《おきて》とはちがう二つ目《め》の食《く》いもののあることを知《し》っとる。それは、腹《はら》を満《み》たしてはくれぬ。満《み》たすのは心《こころ》だけなんじゃ。

心《こころ》も実《じつ》は、食《く》いものをほしがっていてな」

館長《かんちょう》を見《み》おろしながら、ボス犬《いぬ》がきいた。

「それはなんなんだ？　名前《なまえ》はあるのか？」

「あるともっ。夢《ゆめ》という名《な》をもつものじゃよ。

それを食《く》うのに牙《きば》などいらぬ。つかまえるのに爪《つめ》もいらぬ。じゃが、なんともいえぬ、いい香《か》りがしてな」

「ボス、もうやめようぜ。こんなじじいのわけのわからねえ、たわごときくのは。腹《はら》にたまらねぇ

食《く》いものなんか、あるわけねぇ」

またあの鼻《はな》キズだ。ぎろりとにらまれて、また頭《あたま》がすっこんだ。

「食《く》ってきたのか、それを。あんたは？」

「ああ、食《く》うてきたとも。今《いま》でも、この体《からだ》にいっぱいしみこんじょる。消《き》えるどころか、ますます、大《おお》きくふくらんでいてな。

それは、明日《あした》のための食《く》いものなんじゃよ」

「明日《あした》の？　今《いま》がいちばん大事《だいじ》じゃないのか。今《いま》がなくなったものに、明日《あした》はない。今《いま》の食《く》いものさえないなら、そんなものに価値《かち》はないんじゃないのか？」

館長《かんちょう》がうなずいた。

「そのとおりじゃよ。わしにもよぉく、わかっちょる。じゃがわしらは、それを追《お》っかけてきた。めずらしいものと出会《であ》い、新《あたら》しいことを知《し》り、そのたびに、どれほど、心《こころ》が熱《あつ》く満《み》たされたことか」

「それじゃぁ、もういいだろう。満足《まんぞく》だろう？　思《おも》いのこすことねえだろう？」

またあいつだ。今度《こんど》は、ずうずうしく、ボス犬《いぬ》にならんだ。

ボス犬《いぬ》が、どんと体《からだ》をぶっつけた。強《つよ》い力《ちから》だ。鼻《はな》キズが横《よこ》にふっとんだ。

「今《いま》な、仲間《なかま》をひとり空《そら》へ行《い》かせた。おまえさんも見《み》ていたじゃろ。あれは、仲間《なかま》うちの、ただひとりの女《おんな》の子《こ》なんじゃ。

いいや、もう、子《こ》ではないか。いつか母《はは》になるのじゃから。

わしらは、あのパトラに夢《ゆめ》をたくした。あのこはやがて母《はは》になって、きっと語《かた》りつぐじゃろ、子《こ》どもらに。わしらが帰《かえ》らなかったとしても、いっしょに追《お》いかけてきた夢《ゆめ》の話《はなし》をな。きっと誇《ほこ》り高《たか》くな」

「残念《ざんねん》だな。おれたちには死《し》ぬまで縁《えん》のない話《はなし》だ。その心《こころ》の食《く》いものとやらを、だれもくれなかった。神《かみ》か仏《ほとけ》か知《し》らないが、おれたち犬《いぬ》ではなく、あんたたちネコを選《えら》んだのだから」

館長《かんちょう》が笑《わら》った。なんだかうれしそうにだ。

「おまえさんたち、星《ほし》は好《す》きか。食《く》おうにも手《て》もとどかぬが。

あの夜空《よぞら》を、星《ほし》でもない星《ほし》が飛《と》んじょる。ついっと、目《め》に見《み》える速《はや》さで、夜空《よぞら》をつっきって消《き》え、またあらわれる」

「それなら、見《み》たことがある。だけど、だれも知《し》らないんだ。星《ほし》のようで星《ほし》ではない。知《し》ってるのかい、あれの正体《しょうたい》を」

「知《し》っているとも。人工衛星《じんこうえいせい》というんじゃよ。知《し》りたがり屋《や》の人間《にんげん》が、自分《じぶん》たちの地球《ちきゅう》だけではあきたらず、なんと宇宙《うちゅう》のとびらまであけようとしてる。あれには人《ひと》が乗《の》っちょる。じゃがな、きいておどろくなっ」

「なにをかね」

「あの人工衛星《じんこうえいせい》に初《はじ》めて乗《の》った地球《ちきゅう》の生《い》き物《もの》は、だれじゃと思《おも》う？　人間《にんげん》が選《えら》んだのは!?」

「やはり、ネコか？」

「犬《いぬ》じゃよ。おまえさんたちの仲間《なかま》なんじゃ」

まわりの犬《いぬ》たちが、さわいだ。その声《こえ》がおさまるのを待《ま》って、館長《かんちょう》は続《つづ》けた。

「ライカ犬《けん》というてな。ロシアの小型《こがた》の小《ちい》さな女《おんな》のこじゃった。名前《なまえ》はクドリャフカ。全世界《ぜんせかい》の人間《にんげん》の夢《ゆめ》を、その小《ちい》さな体《からだ》ひとつにな。地球《ちきゅう》をいく周《しゅう》かまわり、今《いま》は、小《ちい》さな星《ほし》になっちょる」

　のら犬《いぬ》たちが静《しず》まりかえっている。館長《かんちょう》は大《おお》きく息《いき》をひとつした。

「むろん、クドリャフカが自分《じぶん》で持《も》った夢《ゆめ》ではない。それどころか、初《はじ》めから地球《ちきゅう》へもどってはこれぬ運命《うんめい》と決《き》まっとったんじゃよ。

わずか、いく日分《にちぶん》かの酸素《さんそ》と食《た》べものしかないカプセルにとじこめられて、地上《ちじょう》に送《おく》られてきたのは、かすかな息《いき》づかいだけじゃった。そして、クドリャフカは、人工衛星《じんこうえいせい》とともに燃《も》えつきた。

　そうじゃよ、これは人間《にんげん》のしたこと。クドリャフカが自《みずか》ら望《のぞ》んだことではない。おまえさんたちも、そう言《い》うじゃろ。

　じゃが、わしはちがう。クドリャフカにはわかっていたはず。それがどれほど大《おお》きな使命《しめい》なのか。そして心《こころ》ひそかに誇《ほこ》ったじゃろ。自分《じぶん》がただひとり選《えら》ばれたことを、その命《いのち》つきるときも。

どれなんじゃろな、小《ちい》さくとも、どれよりも誇《ほこ》り高《たか》くかがやいとるクドリャフカの星《ほし》は」

館長《かんちょう》は、はるかな空《そら》を見《み》あげた。そして、またボス犬《いぬ》の目《め》を、まっすぐに見《み》た。

「どうじゃろな。わしはもう十分《じゅうぶん》に生《い》きた。夢《ゆめ》も十分《じゅうぶん》に見《み》てきた。そしてかなえた。つまっちょるぞ、わしの体《からだ》ん中《なか》には。わしの見《み》た夢《ゆめ》が。おいぼれネコで、きっとうまくはなかろう。じゃが、この体《からだ》のすみずみに、どれほどつまっていることか。

わしを食《く》え。きっと夢《ゆめ》の味《あじ》はするぞ。腹《はら》の足《た》しにはならなくとも、心《こころ》になら、少《すこ》しはしみこむじゃろ。そしてな……。

もしそうであったなら、見《み》のがしてはくださらんか。まだ先《さき》の長《なが》い、生《う》まれてきてまだ半分《はんぶん》も生《い》きてはいない、このものたちを」

館長《かんちょう》が肩《かた》の力《ちから》をぬいた。前足《まえあし》をそろえて腰《こし》を落《お》として、目《め》をとじた。

木《き》の上《うえ》で、はなじろが動《うご》いた。

「めさぶろ。おまえはくるな。

あのときは、ありがとな」

言《い》うが早《はや》いか、木《き》からとびおりていた。

「待《ま》てっ」

クックがとめようとした。そのクックに
一礼《いちれい》して、ゴッゴがとんだ。

ふたりは館長《かんちょう》を守《まも》るようにはさんでならんだ。

「行《い》くぞ、ぺぺ」

「‥おれもだっ」

続《つづ》いて、めさぶろとぺぺがとんだ。

クックは、最後《さいご》になった。最後《さいご》になった分《ぶん》、
大《おお》きくとんだ。そして横《よこ》一列《れつ》のみんなを

かきわけて、ひとり前《まえ》に出《で》た。館長《かんちょう》を後《うし》ろにかばって。

「ばかものどもがぁ。こんな年《とし》よりにぃ」

館長《かんちょう》の顔《かお》が、ぐちゃぐちゃにくずれた。

のら犬《いぬ》たちと、のらネコたちは、向《む》きあったまま、動《うご》こうとするものはどちら側《がわ》にも、ひとりとしていなかった。ずいぶん長《なが》い時間《じかん》が流《なが》れたような気《き》が、みんなしていた。

遠《とお》くで風《かぜ》がおきた。ざわざわと、かすかだけど、足元《あしもと》につたわるのは、また満《み》ちてくる潮《しお》のざわめきだ。

ボス犬《いぬ》が、静《しず》かに仲間《なかま》たちをふり返《かえ》った。

「帰《かえ》るぞ。海《うみ》も帰《かえ》ってくる」

のら犬《いぬ》たちと、入《い》れかわるみたいに、なにかやってくる。空《そら》の一角《かく》に、黒《くろ》い雲《くも》がわいたみたいに。パパイヤだ。パパイヤと、その仲間《なかま》たちだ。てんでになにかくわえたり、足《あし》につかんだりしている。みんな、それがなんなのかわかる。のら号《ごう》の、どこかしらだったところだ。

「さがしまわった。仲間《なかま》もこんなに。だけど、こんなものしかなくて」

なんと、ぺちゃんこの風船《ふうせん》まで、いくつかある。

「ありがたい。風船《ふうせん》の糸《いと》はじょうぶでね。それと、きみたちにたのみがある」

「なんなりと！」

パパイヤが飛《と》びながら、クックに答《こた》えた。

「帰《かえ》ってきた。ヒマワリたちだっ」

目《め》のいいめさぶろが、それを見《み》つけた。

空《から》っぽのはずの、あのつる板《いた》がふくらんでる。きっと、食《た》べものだ。

インドの人《ひと》たちがいる。空《そら》に手《て》をかざしている。いったいなんだと思《おも》うだろう。あれはオオコウモリの大群《たいぐん》だ。オウムもひと群《む》れまじってる。それらがいくつものグループに分《わ》かれて、翼《つばさ》の動《うご》きをあわせて沖《おき》へ飛《と》んでいく。

その下《した》に、なんだろう。おかしなものが。なにか乗《の》っているらしいけど、わからない。

めさぶろが、また見《み》つけた。

「ボートだ。あっ、タクちゃんもいる」

こいでいたオールの手《て》を休《やす》めて、みんな手《て》をふっている。そうか、パトラちゃんか、ヒマワリの話《はなし》をきいて、助《たす》けにくるところだったんだ。

ボートの向《む》きがかわった。その沖《おき》で鳴《な》る富士山丸《ふじさんまる》の汽笛《きてき》を、みぃんなきいた。

エピローグ

〝執事《しつじ》・いのした〟と〝大奥《おおおく》さま〟が、みやげ話《ばなし》に目《め》をかがやかせてきいている。

ヤマネコ兄妹《きょうだい》が、無事《ぶじ》母《かあ》さんのところへ帰《かえ》れたこと。サイクロンで、のら号《ごう》はなくなってしまったこと。もちろん、のら犬《いぬ》たちとの命《いのち》がけの対決《たいけつ》のことも。

「それで、みみいちろとクフ王《おう》のほうは？」

井上《いのうえ》さんが、身《み》をのりだしてきいた。

そのみみいちろとはなじろは、ここにはいない。みみいちろは今《いま》のまま、富士山《ふじさん》丸《まる》の守《まも》り神《がみ》で。はなじろは、船医《せんい》のお孫《まご》さんの家《いえ》へ。

富士山丸《ふじさんまる》の帰《かえ》りの積《つ》み荷《に》はナツメヤシやピスタチオ。そのほか、いろいろだった。

クフ王《おう》のことを、みみいちろは、こんなふうに話《はな》してくれた。日本《にほん》へ帰《かえ》る富士山《ふじさん》丸《まる》の甲板《かんぱん》で、波《なみ》に、いつもゆられながら。

レンタカーを借《か》りた。運転《うんてん》はタクちゃん。船《ふね》の仲間《なかま》が乗《の》れるだけ乗《の》ってた。

砂漠《さばく》の始《はじ》まる丘《おか》に、三つの大《だい》ピラミッドがならんでいた。人《ひと》のいないところで、クフ王《おう》は車《くるま》からおろされた。

「早《はや》かったですよ、館長《かんちょう》。クフがピラミッドかけあがるの。ぼくだけ、いっしょに、くっついていきました。人《ひと》は登《のぼ》っちゃいけない決《き》まりだそうですから」

きっと、クフ王《おう》のピラミッドのてっぺんまで登《のぼ》ったネコなんて、ぼくだけかもしれないって、みみいちろが、このときだけ、少《すこ》しいばった。

「上《うえ》から見《み》おろすと、世界中《せかいじゅう》からやってきた観光客《かんこうきゃく》やラクダやラクダ引《ひ》きが、アリンコみたいに小《ちい》さかったです。

川岸《かわぎし》にナツメヤシの林《はやし》がしげって、ナイル川《がわ》には大小《だいしょう》の船《ふね》が行《ゆ》きかっていて」

そのナイル川《がわ》は、あの、みんなが象牙《ぞうげ》の密猟者《みつりょうしゃ》たちと戦《たたか》ったアフリカの奥地《おくち》から河《が》なんだ。

始《はじ》まってる。南《みなみ》から北《きた》へ、地中海《ちちゅうかい》へとつながる、世界《せかい》一長《なが》い、六千キロも旅《たび》する大《たい》

「あと一段《だん》というところで、ぼくはやめました。先《さき》に登《のぼ》ったクフが、なぜ？　って

ききました」

なぜ、どうしては、みんなもいっせいにきいた。

「もったいなかったからです。ぼくひとりで登《のぼ》るのは。

だから、とっておいた。いつか、みんなで登《のぼ》りたいから」

クフ王《おう》のピラミッドは、てっぺんがとんがっていなかった。欠《か》けおちたわけはわ

からないけど、その元《もと》の高《たか》さをしめすために、鉄《てつ》の棒《ぼう》が一本《ぽん》、つったってる。

そのてっぺんの一段下《だんした》にいるみみいちろに、クフ王《おう》は言《い》ったそうだ。

『それなら、きっとまたきて。あの仲間《なかま》みんなで。ハトつかまえて、ごちそうするよ』

「気弱《きよわ》そうなクフなのに、まさに弱肉強食《じゃくにくきょうしょく》、ですね、井上《いのうえ》さん」

クックが、みみいちろのした、こんな話《はなし》をしおわったときだった。

「じゃくにく、きゅうしょくだな、ぺぺ」

「そうだよ。おれも覚《おぼ》えた。じゃくにくきゅうしょく」

ふたりが、こくこくうなずきあった。

「今《いま》、なんて言《い》った？　ふたりとも。きゅうしょく？」

ゴッゴがききとがめた。

「じゃくにく、きゅうしょくっ」

ぺぺとめさぶろが、胸《むね》をはって答《こた》えた。

「うん、きゅうしょく。ほら、おれっち兄弟《きょうだい》、のらの旅《たび》、長《なが》かっただろ。腹《はら》ペコのとき、学校《がっこう》のぞいたことあるんだ。いいにおいに、こいこいってさそわれてさ。みんな、おんなじ白《しろ》いエプロンして、おんなじもの食《た》べてた。あれ、きゅうしょくってのだって、あとで覚《おぼ》えた。だれも、なんにも投《な》げてくれなかったけど。子《こ》どもはけちだ」

「じ、じゃあ、じゃくは、なんなの？」

笑《わら》うのをこらえながら、今度《こんど》はパトラちゃんがきいた。

「それは、おれが言《い》う。じゃくって、クジャクのことだ。ほら、インドの村《むら》はずれで見《み》た。だけど、もったいないよ。学校《がっこう》では毎日《まいにち》、あんなすげぇ鳥《とり》、食《く》ってるのかよ」

もうだめだった。みんな笑《わら》いころげた。おはるさんなんか、涙《なみだ》まで流《なが》しながらだ。

おかしすぎると涙《なみだ》が出《で》るって、ほんとうなんだ。

「半分《はんぶん》くらいだけど、わかるようになったよ、あんたたちのネコ語《ご》。ああ、おかしい」

「クジャクの給食《きゅうしょく》はさておいて、夢《ゆめ》を残《のこ》してきたか、みみいちろは。あやつらしいな。のう、クック」

笑《わら》われすぎて、まだ真《ま》っ赤《か》な顔《かお》のぺぺが、井上《いのうえ》さんを見《み》あげた。

「またつくってよ、井上《いのうえ》さん。のら号《ごう》」

「今度《こんど》は、のら四号《ごう》だっ」

クジャク給食《きゅうしょく》のふたりが、井上《いのうえ》さんの足《あし》にすりすりしていた。

あとがき

めずらしい動物《どうぶつ》なら、だれだって見《み》たくなりますね。飼《か》いたくだってなるでしょう。でも、数《かず》も少《すく》なく貴重《きちょう》な生《い》き物《もの》たちは、なんとしてでも守《まも》らなくちゃあなりません。

人間《にんげん》の知恵《ちえ》ってすごくて、こうなったらいいな、こんなものできたらいいな、なんて夢見《ゆめみ》たものは、たいがいがかなえられるようになった。それでも新《あたら》しい生命《せいめい》だけは創《つく》りだせない。だから一度絶滅《とぜつめつ》させてしまった命《いのち》は二度《ど》とよみがえらない。そうなってしまう前《まえ》に守《まも》ろうという取《と》り決《き》めが〈ワシントン条約《じょうやく》〉です。

これには〈附属書《ふぞくしょ》〉というランクが設《もう》けられているのですが、動物《どうぶつ》だけでなく魚類《ぎょるい》や植物《しょくぶつ》もふくまれます。それでも欲《ほ》しがる者《もの》がいるかぎり、密猟者《みつりょうしゃ》がいて世界中《せかいじゅう》に密輸《みつゆ》されているわけです。

ランク1ともなると、動物園《どうぶつえん》が欲《ほ》しがっても研究《けんきゅう》のためであっても野生《やせい》のものを捕《と》ってはだめ。ところが、そんな貴重《きちょう》なものたちが、マニアに飼《か》われている。これには抜《ぬ》け道《みち》があって、現在《げんざい》のように厳《きび》しく規制禁止《きせいきんし》される前《まえ》から飼《か》っていて、それを繁殖《はんしょく》させたものだというごまかしがあるのです。

これには公《おおやけ》の機関《きかん》、つまり国《くに》の出《だ》す証明書《しょうめいしょ》がいるのですが、今度《こんど》はそのニセの証明書《しょうめいしょ》をつくる。空港《くうこう》などで荷物《にもつ》から、そんな貴重《きちょう》な生《い》き物《もの》の密輸《みつゆ》が摘発《てきはつ》され、わんさと見《み》つかるなんてのは、まだなまやさしい手口《てぐち》でしょう。

ぼくは二十年《ねん》ほど前《まえ》、すごいものと対面《たいめん》したことがあります。中央《ちゅうおう》アジアの砂漠《さばく》の中《なか》のオアシス都市《とし》、トルファンの青空市場《あおぞらいちば》でのことでした。それは二頭分《とうぶん》のユキヒョウの毛皮《けがわ》。淡《あわ》い灰色《はいいろ》に鮮《あざ》やかな黒《くろ》い模様《もよう》は、なんだか梅《うめ》の花《はな》をひとつひとつ散《ち》りばめたみたいでした。砂漠《さばく》の西《にし》に連《つら》なる天山《てんざん》山脈《さんみゃく》のどこかで、密猟者《みつりょうしゃ》に撃《う》たれたのでしょうか。

「あっ、ユキヒョウだ」

思《おも》わず声《こえ》をあげてしまってカメラをかまえた前《まえ》に、ひげ面《づら》の店主《てんしゅ》が両腕《りょうで》を広《ひろ》げて立《た》ちふさがりました。ぼくのことを、どこかの国《くに》の調査員《ちょうさいん》だとでも思《おも》ったのでしょうか。人《ひと》が集《あつ》まってきてだいぶ険悪《けんあく》になったため、写真《しゃしん》を撮《と》るのはあきらめたのですが。

ユキヒョウは高《たか》い山《やま》にすむため、雪《ゆき》の冷《つめ》たさにもたえられるよう、足《あし》の裏《うら》にまで毛《け》がはえているそうです。数《かず》は極《きわ》めて少《すく》なく、もちろん附属書《ふぞくしょ》1。それがかえってねらわれて、毛皮《けがわ》にまでされて売《う》られるのです。あとをたたない動物《どうぶつ》たちの災難《さいなん》。人間《にんげん》はいつになったら、この誤《あやま》りに気《き》づくのでしょうね。

作者《さくしゃ》と編集者《へんしゅうしゃ》はいつも二人三脚《ににんさんきゃく》。今回《こんかい》も齊藤由美子《さいとうゆみこ》さんの貴重《きちょう》なご助言《じょげん》に感謝《かんしゃ》しつつ……。また、ネコたちの絵《え》はますます楽《たの》しくなって。こぐれけんじろうさん、ありがとうございました。

二〇一六年《ねん》　春《はる》　著者《ちょしゃ》

作者：大原興三郎（おおはら　こうざぶろう）

1941年、静岡県生まれ。おもな作品『海からきたイワン』（講談社青い鳥文庫）、『なぞのイースター島』（PHP創作シリーズ）、『マンモスの夏』（文溪堂）、『大道芸ワールドカップ　ねらわれたチャンピオン』（静岡新聞社）、映画化された『おじさんは原始人だった』（偕成社）など多数。『海からきたイワン』で第19回講談社児童文学新人賞、第9回野間児童文芸新人賞、『なぞのイースター島』で第18回日本児童文芸家協会賞を受賞。

画家：こぐれけんじろう

1966年、東京都生まれ。ニューヨークのアートスチューデントリーグで絵画を学ぶ。挿絵の仕事に『さらば猫の手』（岩崎書店）、『真夏の悪夢』（学習研究社）、『風のひみつ基地』（PHP研究所）、『0点虫が飛び出した』（あかね書房）、『ミズモ　ひみつの剣をとりかえせ！』（毎日新聞社）、『大道芸ワールドカップ　ねらわれたチャンピオン』（静岡新聞社）、「ユウくんはむし探偵」シリーズ、「空飛ぶのらネコ探険隊」シリーズ、『お米の魅力つたえたい！米と話して365日』（ともに文溪堂）などがある。

空飛ぶ のらネコ探険隊　まいごのヤマネコどこへいく

2016年　6月　初版第1刷発行
2018年　6月　　　　第3刷発行

作　者　大原興三郎
画　家　こぐれけんじろう
発行者　水谷泰三
発　行　株式会社文溪堂
〒112-8635　東京都文京区大塚3-16-12
TEL（03）5976-1515（営業）（03）5976-1511（編集）
ぶんけいホームページ　http://www.bunkei.co.jp
装　幀　DOM DOM
印刷・製本　図書印刷株式会社

ISBN978-4-7999-0181-6 NDC913/159p/216×151mm
落丁本・乱丁本はおとりかえいたします。定価はカバーに表示してあります。

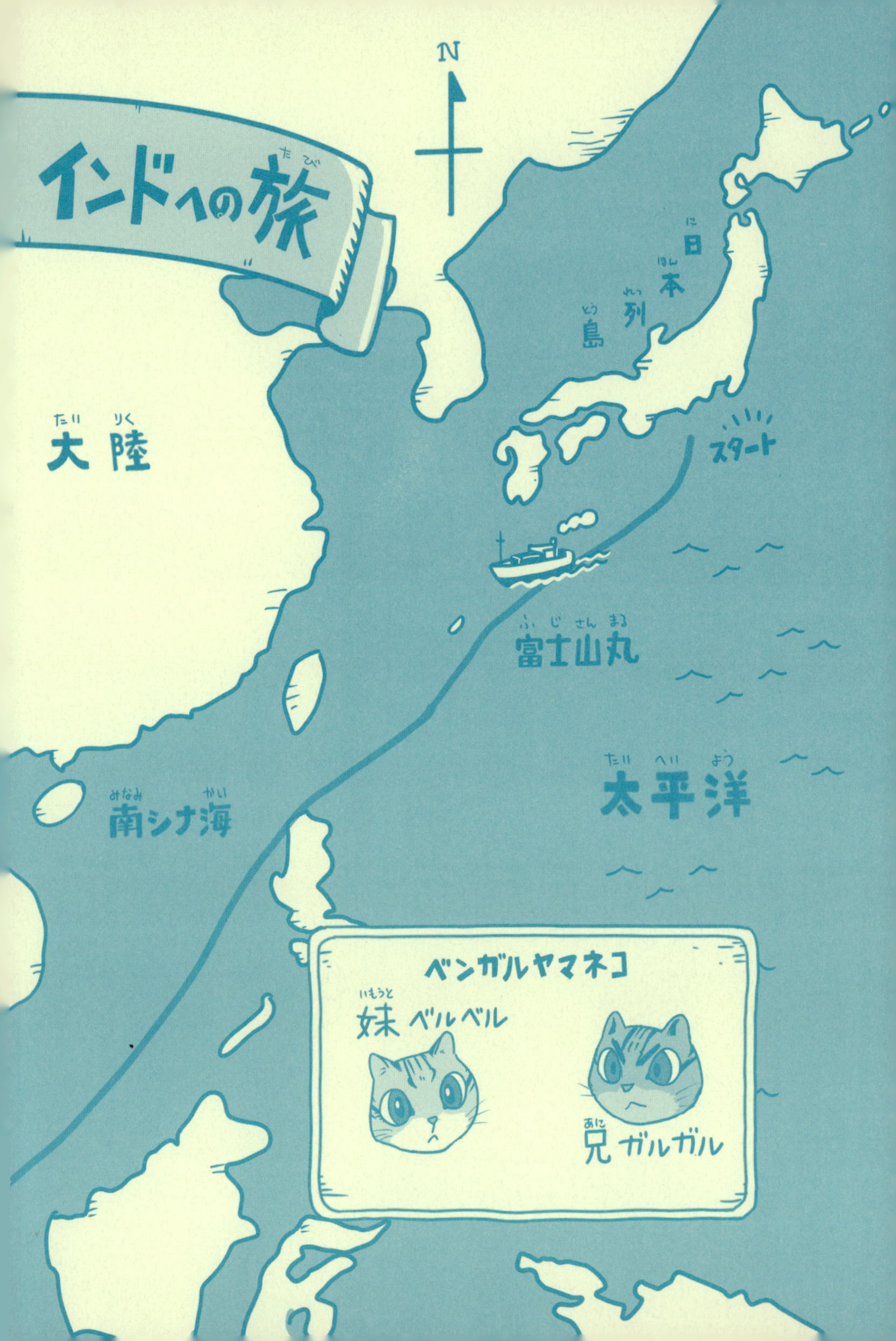

インドへの旅《たび》
N
日《に》本《ほん》列《れっ》島《とう》
大《たい》陸《りく》
スタート
富士山丸《ふじさんまる》
太平洋《たいへいよう》
南《みなみ》シナ海《かい》
ベンガルヤマネコ
妹《いもうと》 ベルベル
兄《あに》 ガルガル